我从山中来

蓝善记 著

春风文艺出版社
·沈阳·

图书在版编目（CIP）数据

我从山中来 / 蓝善记著. -- 沈阳：春风文艺出版社，2025.7. -- ISBN 978-7-5313-7027-7

Ⅰ.I267

中国国家版本馆CIP数据核字第2025Z4H187号

春风文艺出版社出版发行

沈阳市和平区十一纬路25号　邮编：110003

四川科德彩色数码科技有限公司印刷

责任编辑：平青立	责任校对：张华伟
装帧设计：书香力扬	幅面尺寸：145mm×210mm
字　　数：208千字	印　　张：8.25
版　　次：2025年7月第1版	印　　次：2025年7月第1次
书　　号：ISBN 978-7-5313-7027-7	定　　价：58.00元

版权专有　侵权必究　举报电话：024-23284292
如有质量问题，请拨打电话：024-23284384

他的山水（序）

江 岸

不显山，不露水，他低调，他谦逊，甚至是谦卑。

只看他，就知道"解放军是所大学校、大熔炉"，这话一点儿也不假。20多年的军旅生涯，一块石头也能炼成钢。一个毛头少年到部队，还不给他捋顺了，掰直了，调教好了。从一个毛头少年成长为一名真正的军人，经过了多少常人不知道的摔打和磨炼。而且，他还有一个朴实的生命原点，那就是他出生的农家，农家让他与生俱来就得到一种天然教化，得到一种良知的引导。本色农民的家训都把后人教育得以本分、不张扬、小意（方言，指谦逊）为做人基本底线。他还记得父亲跟他说的话："一树松柏一树花，花笑松柏不胜她。有朝一日风霜下，只见松柏未见花。"他说，他一直奉这四句话为人生信条，不搞虚的，不耍花枪，步步踏稳，招招到位。来实的，比真的，敏于行讷于言是他的信条。

一个人低调到纯粹的时候，便是鸟过无声，人过无名。

他始终那么朴实、平易，没有派头，没有当过什么什么的自负。说话总是温和的中音乃至低音，不会惊到谁；行走总是一副悄然的身影，没有风，宁静地消失在你我视线之外，不会无端来去引起谁的背后喷喷；有啥活动总是讪讪地退在人堆一旁，似乎自己身份不够，有凑热闹之嫌。也许你会觉得他"社恐"，没见过世面，有点讷。是的，我几乎也这样认为了。

他是这样的人，你无法窥其根底的人，他的山水似乎在地平线以下。

我很小时候，听父亲说有个竹山的家门后生在军队做了领导，还不小，便心生敬意，引以为傲。那年代当兵千里挑一，又当了军官，可不是万里挑一？简直是神话传说，前辈讲古讲到的薛仁贵、薛丁山一样的传说！听过，也聊过，不曾想过谋面的一天。虽是家门，门大户大，谁也不是迎面就见的。更何况当兵又是军官的，是你一个凭一姓之亲的田埂上的孩子想见就能见的？那年代，我们邻队一个当兵的，回来省亲路过我们生产队，一身草绿色军装，另着草绿色军帽、草绿色军鞋，草绿色军挂包斜挎在腰间，五星帽徽和两边领章火样红，笔挺笔挺的身姿，酷毙帅呆，在我们视野里闪过，我们一群拾麦穗的孩子着迷了一般地看，那一眼就呆在那里了，许久不知道动了，痴了傻了。那要是见了军装上有四个衣兜的军官，该又是何等崇拜，还不崇拜得丧魂失魄？这个宗亲军官要是兀然出现在我们面前，不得彻底自豪得惊掉？毕竟他与我沾亲带故呢！

就像一个传说，他已然在我心底留存了。

多年后的一日，寓居十堰的几位走得勤的宗亲相聚，聚前我那个姑姑说："今晚把蓝善记也叫来了！"我一听吃了一惊："就是我心目中那个传说中的蓝善记吗？"这真是"念念不忘，必有回响"啊！那晚，他来了，蔼然走来，一身朴素的便装，一种退休了又在乡村掘地为农的豁朗与淡定，没有戎装，没有一丝军旅标识。当然军人气质和隐隐的军人底色不言也有三分，混迹我们中，咋整也是妥妥的刀刻过的当过兵的眉目。这让我想到人生中军旅经历多么不可或缺，甚或再多一点，乃至航海、野游、历险等，能有尽有，不多，更不分外。海明威能写出《永别了，武器》，笛福写《鲁滨孙漂流记》，哪是单凭普通人生里的想象所得？

蓝善记兄有此经历，此生不枉！

此后，我们渐有联系。家门兄弟，血浓于水。

我操持《十堰蓝氏宗谱》修订，需走村串乡拜访每一具体人家寻根问祖。他就开着他那辆面包车（一个曾经的军官开面包车，我当时还有点疑虑：这是自苦还是其他），跟我一起跑。乡村盘山路又窄又陡又坑洼，他开得虽紧犹松，轻松得像行驶在宽阔马路上一般，我都暗暗奇了，军官当了大半辈子的人，平路上迈四方步的人，走这山路咋走这么稳？是回竹山堵河岸边种地练出来的，还是在士兵初期造就的？与我们那些家门宗亲同桌吃饭，他的平易使得待客者都把我当了主客，而他悄然坐在一边，夹两筷子菜扒几口饭了事。几次，在告别宗亲酒桌的瞬间，我怕人家以貌取人，指着他背影低声给宗亲们说："他曾是军官呢，可别看走眼了，有本事的人，看不出来吧！"

千辛万苦，家谱编好后得到了中华蓝氏宗亲的认可。在家族人物谱里我尽量写了近百人的人物小传，以便更具体地传世。一般家谱里，人在谱系中大多只是链条里的一环，也就是一个承上启下的传承血脉、衔接根系的名字而已，至于长什么样、做了什么事、有什么过往、给一时一地留下了什么，都是忽略不计的。为避免这些，我尽可能多地为一些有声有色的宗亲们多留些版面，给他们一些文字撰述，打开他们的人生空间，让此时此刻、彼时彼刻的他们都能以一个具体可感的人的形象存在于家谱中，使抽象的家谱勃发出一些生机来。

那天,又说起家谱,善记兄叹息了一声:"唉,没能给家族长脸!"

我很讶异:"何出此言?您那军官身份还不足以给家族长脸?偌大蓝氏,如彼几人?"

他叹道,讲明了种种客观原因,又说自己主观上不喜好当干部,尽管二十七岁就已经是副营职干部了。如果此后不放弃调动、升迁、上大学机会,也许……也许……他的军事技能出类拔萃,"武"的一面令人称羡,战友们、首长们都称他"练家子",这些素质都会将他指向很好发展方向。

哦,他一向太低调了,低调到有许多不为人知的事。

逐渐感知到他不曾显露的山水,发现他露给我们的只是那些世面上直观的经历、职务、事情什么的,还有眼前这么个退了休的人的朴实无华。可以拿到桌面上的好的素养,都被他一向低调地掩盖掉了,至少在众人的视野里掩盖掉了。比方他的书法,人前不说不做,不露两刷子,仅有每年春节贴出来的春联,就那一哈哈儿的展示,咋行呢?如果你特别有意去驻足,看上一眼两眼,定会被深深吸引的,定会走下楼遇见人就会称说的。因为那结体、那笔力、那宛然舒美的字形,绝对令你爱不释手,总会让你想到这是请了何方书法名家挥的毫呀,如此魅力袭人?自家门前春联毕竟看的人少,他的一手好字就只是献给了家人,更多的人哪知道这楼道里还有个扯着王羲之衣衫走过来的人。

还有他的写作功夫,先前不曾在哪儿写个啥稿件,可一出手就妥妥的熟手。

某天,他随意写的军旅生涯的某个生活片段,飘到了我眼里。起初没太在意,心想不就是说说过往那些事嘛,也许前言不搭后语，也许重复啰唆也未可知。但当我仔细看了一遍后，不禁回过头又看一遍，想挑点什么毛病，最后只挑了个别顿号应该是逗号这样的小问题，别的真没啥苛责的。我这才肃然起敬，有功夫有道行啊，这功夫，这道行，啥时候修的？不像是一次两次爱好所致。我知道如果仅仅是某年某月涌起的一点爱好，爱过又放过，一放没年没月，那他多年后再去重续所爱，断断是爱不起来了。写作很怪，丢下容易，捡起来难。丢下的人常常是跟写作结下深仇大恨似的赌咒发誓说："老子这辈子再也不提笔了。"像现在红遍人间的民间诗人王计兵，非虚构作家胡安焉、张小满等，都不是曾有想法停下多少年后又去实现的，是有渐修功夫在身的。善记兄一直在悄悄练手吗？显然是一向修而不辍的扎实功夫，这功夫现在不见见读者诸君，任秋叶老去，不就可惜啦？于是，我就怂恿他写！写吧，写到作家协会里去！

这是他的山水呀，当然不是全部！

果然，他就三天两头地写起来，一篇又一篇地传过来。我看了很舒心，一乐便不由自主地荐给身边的文学公众号，希望分享，希望大家共赏。世上好文不嫌多，谁的眼睛愿意放过来自生命深处的可读的文章呢？只要有，只要你能与大家共情！

善记兄写作不是那种二手临摹，他作品中多层次多维度经验的呈现以及他晓畅真挚的表达风格，让你看到了他的天然与自如，看到了真实和日常的力量。他的笔力、感觉、潜在的素材储备，足够满足一本书的建构，可以一举成书。既然有此能耐，就大可不必一个短篇一个短篇地朝一本书的终极目标晃悠。于是我就再度怂恿他一鼓作气写本书，书比散篇好，书是家，把散篇那些孩子都一个一个安放到这屋里来，永远永远地不散。书这个家，你为他披肝沥胆，他为你述说春秋，乃至身后！

春天很快，夏天也很快，感觉没啥过渡，一箭就到了夏的深处。

布谷鸟还在喊着布谷呢，善记兄书稿就成形了，他像写篇文章那么容易地写够一本书了。我惊叹他的功夫，出手成书的功夫，在这个年龄段这功夫非常难能可贵。这是一时兴起的功夫吗？显然不是，是长期以来的造化，只是不爱人前显露而已。他都是在手机上写下，实实的方寸之间抠得千言万语，这一字一字咋蜂拥而来的？真是难以想象！

先睹为快！我欣然放下手边活，聚精会神地读。真好！他极会写，生活细节在他手下远比镜头重现更扎实、动心、抓人，特意摘取了他记述当年在大漠深处开车一段情境，不妨一看：

> 已是下午四五点钟了，天色灰暗，我聚精会神地找那个大石头，并盯着快降到地平线又不太明亮的太阳，引导车队向西南方前进。首先保证，不要越过国境，然后眼睛不停地在沙漠戈壁上搜索记忆中的地物。这里虽处于巴丹吉林沙漠深处，可也间有戈壁，因为是条简易路，加之风沙大，司机们经常择路，跑出很多车辙来，我们只能朝车辙多、车辙深的地方跑。再看这广阔而凄凉的沙漠、戈壁滩，荒荒的旷野延伸到天际，没有生命的痕迹，只有浩渺沙海和死一般的寂静，这一目宏阔的悲壮，着实令人发怵，一股无名的悲哀袭上心来。夜幕降临，我们的车速也降下来了，看不到任何地面目标，只能看到深邃无比的天空和几颗孤星，只能摸索前进。其他车中的一位司机较心急，遂抛下我们，开车跑到前面去了。但他却围着连队营房转圈，没发现连队，直到

被追上来的哨兵截住，方知我们已到了目的地。

这是电影镜头，立体情境直逼眼前。这就是笔力，我们的文字都是活的。

再看他另篇文章那朴素而细腻的表达：

> 一亩多地，我用小型旋耕机犁两遍，再刨平，把土坷垃打碎，挖沟分垄。用一个劣质的播种机，把油菜籽或芝麻种播上。间苗是个大麻烦，由于种子颗粒小，播种机不好控制播种量。间苗时要拔掉80%的苗，且要分两次拔，不可一步到位，防止死苗。当地"老把式"种芝麻、种油菜，都是用手把种子撒在地里，再用竹扫帚扫一下就行了，我嫌他们搞得不整齐。我种得整齐，纵横都是一条直线，可就是间苗费劲。"老把式"笑我："给你十亩地能把你累死。"反正我就按我的想法搞，收割油菜籽也与他们不一样，他们用手搓，我用连枷打。

解甲归田，他回到了生养过他的堵河岸边躬耕自食，他恬然自得地陈述着他的农具、他的播种、他的田间管理、他的收割，多少有点陶渊明的味道。他有过人的管理才能，在种地方面似乎都体现着。他的上级曾对其他同志说："你们不要怀疑善记什么，他睡着了都比你们清醒得多。"从这话里可以想象他在驾驭纷繁事体上的才能。可是他过地放弃发挥利用这些天分了，愿意从单位早早内退下来，开个出租车挣点小钱。有企业给高薪请他去，他也谢绝。他觉得生活越过越平淡才好，钱和财富都不及回归本真，回到曾经的土地上，种油菜，种芝麻，种玉米，栽红薯……几次他开着面包车，给我送来他自酿的小窖苞谷酒，60多度，一股浓烈的糠糠味，加热后很是醇香，当然还有勤劳的汗香。

一向崇奉自力、低调做人的他在土地上找到了天然的知音。

写作让他多年蓄积的情愫得以倾诉，也让他重新建了个家，在土地上忙得累了或在农闲时节，可以回到这"屋子"里对对话，聊聊家常，给日子添把灶火。老伴贤惠，儿孙茁茁，以文荫后尘！

他的山水远不止此，隐约感觉还有其他素养仍在他的低调掩盖之下。谦逊是美德，是素养，满载着智慧与道行，他的人格魅力深在其中。

作家李修文先生说，把一个认识的人送到大家眼前，写好一个人就写好了一个时代。我这样写兄长善记，行吗？

粗说泛说，聊以为序！

2024.7.20

目录 Contents

第一辑 我的家

寻根问祖 / 002
我的家 / 006
记忆中的父亲 / 009
苦命的母亲 / 014
发 妻 / 017
养儿育女 / 021
永远的痛 / 027
小弟命苦 / 030

第二辑 少小往事

勤奋苦读 / 036
砍 柴 / 041

爱听老人言 / 044
学游泳 / 047
救　人 / 050
过生日 / 053

第三辑　军旅生涯

参　军 / 058
包饺子 / 061
带新兵 / 064
选拔赛 / 068
技压当行人 / 071
福有双至 / 075
按规定办 / 077
吃水难 / 080
吃菜难 / 082
看病难 / 085
无车不行 / 088
接工作组 / 091
三个一米七 / 095
老老乡 / 098
砸　煤 / 101
这是我的座位 / 103
何去何从 / 107
有点儿遗憾 / 111
扶弱抑强 / 114
再回军营 / 117

第四辑　回归故乡

大迁移　　　　　　　　　　　　　　　／　120
转变观念从头越　　　　　　　　　　　／　124
烟里的钱　　　　　　　　　　　　　　／　129
河沟里翻了车　　　　　　　　　　　　／　132
别用我的控制点　　　　　　　　　　　／　136
我患了脑梗　　　　　　　　　　　　　／　138
邻里之争　　　　　　　　　　　　　　／　142
同心协力　　　　　　　　　　　　　　／　146
帮妹妹争曲直　　　　　　　　　　　　／　149
再建落脚点　　　　　　　　　　　　　／　153

第五辑　人生感悟

事物的有机联系　　　　　　　　　　　／　158
谁决定成败　　　　　　　　　　　　　／　162
察言观色　　　　　　　　　　　　　　／　166
难变的立场　　　　　　　　　　　　　／　169
本性难移　　　　　　　　　　　　　　／　172
在自我否定中进步　　　　　　　　　　／　176
摒弃片面的看法　　　　　　　　　　　／　180
做事有限度　　　　　　　　　　　　　／　185
相同中的不同　　　　　　　　　　　　／　188
减　肥　　　　　　　　　　　　　　　／　192
戒　烟　　　　　　　　　　　　　　　／　196

第六辑　纪行

也走长征路	/ 202
远游西藏	/ 207
重庆之行	/ 213
"书　山"	/ 217
潇洒走一回	/ 220
游韶山	/ 225
逛武陵源	/ 229
自驾游	/ 231

附　录

念慈母诗二首	/ 238
生日寄语	/ 240

后　记　　　　　　　　　　　　／ 242

第一辑 我的家

寻根问祖

在池湾这个地方,我们家算是外来户,这里不是我们的祖居地,我打小就知道。

其实,比起其他住户,我们只是比他们晚来了一些时间罢了,他们也应该是外来的,这里也不是他们的祖居地。那么,我们是何方神圣?小时候不想知道,父母亲可能怕我们记不住,也没有告诉我们。等长大,想知道了,可又没有时间去打听。父母相继离世,又增加了困难。一直等到退休,不,是内退,才把寻根问祖之事提上日程。但,真正启动,还是发妻引起的。

一日,我们一家,开车到韩家洲游玩。到了堵河口却过不了江,发妻去找船,遇到一蓝姓小伙儿,他听说我们是竹山姓蓝的,便向我们打听他的梅姑。发妻告诉了他梅姑的一些情况后,就顺便问五门二弟的情况。小伙儿说:"他们就在前面住,有十几里路。"发妻回来告诉我,我听后很高兴。想那十几里路,开车一会儿就到,何不走一趟?

一鼓作气,我们把车开到五门二弟的稻场里。

发妻见三妈在稻场缝被子,也不吱声,就蹲到三妈跟前。三妈突然发现"新大陆",惊喜道:"哎呀!这不是张女子吗?"大家都大笑起来。五门三兄弟,闻讯跑出来,他们的媳妇也跟着跑出来,欢呼雀跃,很是热闹。大家寒暄之后,三妈留我们吃饭,那天吃的什么，我不记得了，但是，他们三兄弟都把自己家里的好吃的，拿出来放到一起做，不分彼此，令我感动，给我留下很深的印象。

问起老家的事，三妈说我的父母，原来住在寨沟。说我们有个表叔还在，跟我父亲是姨老表。他还知道我奶奶的佳城（墓地）位置，说那个地方，对后人的姑娘好，所以不敢让外人知道，怕被人家破坏。所以我要抓紧时间去问问。

今天光说话，耽误了一些时间，我们只能先去蓝家河看看。五门二弟领我们来到蓝家祠堂，祠堂垮了一半，还剩一半，原址上住的还是蓝姓人家。祠堂的碑也只剩一半，上面的字看不清，好像是说祠堂的占地面积，以及四址界限等。找来水一冲洗，越发地看不清，只好作罢。

蓝家河在汉江岸边，汉江在这里拐了四个弯，成"几"字形，从西、东、北三面，护佑着蓝家河。1959年修丹江口大坝，蓝家河就被"挤"到后山坡上，满山遍野都是人家。过去是一个大队，现在叫大树垭村，其实应该叫"蓝家河村"。蓝家人老实，也不闹。汉江岸边的蓝家河旧址，只剩下一排一排的房子基础，被水淹一部分，宽度看不出来了，长度至少也有四百米，像有前后两条街，可见当初的热闹和兴盛。听五门二弟说，蓝家河江边还有一对石头鸭子，但现在被淹于水中，看不到，实在是有些遗憾。

从蓝家河顺汉江下行一里路就是寨沟，因为沟垴上有个白莲教留下的寨子，叫金花寨，所以这条沟就叫寨沟。沟口多是蓝姓人家，像个小集镇，此处名曰柑子园。再往下，一个湾，那里叫三慌滩。

我先后两次到柑子园，打听父母亲过去的住处。走访过几个老年人。提起爷爷的外号蓝呱子，很多人都知道，说他们先后在金花寨下、两个洼对面的抗家山脚下都住过。知道我奶奶姓魏，蓝三元屋里人姓吴，在堵河口住。听小爹（叔）说，从黑家湾翻山平着向里走，有个叫辣子沟的地方，我父母亲在那里住过（其实就是金花寨下）。

李家姑父听我说，我父母亲在寨沟住过，他也是寨沟的人，就热心地帮我打听。他打听的人，能说出我父亲和两个爹的小名，知道我母亲姓韩。还知道得狂犬病而死的那个三爹，他们以为是长疮而死。我听后很高兴，即邀请李家姑父，领我去见知情人。

从寨沟口往里走七里，沟东坡叫两个洼，沟西坡叫抗家山。抗家山这侧有一条小路进沟。当时有Y形路口，向右一条路是上抗家山，向左一条路是去辣子沟和黄家院。黄家院对面是辣子沟。Y形路口岔口的外（东）侧下，有一块空地，原来是青曲前房郭家的房子屋场。

李家姑父的堂兄，曾经跟我父母亲做过邻居。同租青曲前房郭家的房子。姑父的堂兄租住靠沟里一头，我爷爷他们租住靠沟外（北侧）一头，姑父的堂兄当时有20多岁，对我父母、两个爹都很熟。李家姑父把他喊来，与我见面时，大概在2010年前，姑父的堂兄已83岁，他大概跟二爹年纪相当，他说二爹眼睛不好，会做木匠活，这是事实。

1949年，这个房子分给了李家二兄弟。后来，又成了学校，李家姑父1952年还在此读过书。

我们在李家姑父的侄儿子家吃的午饭，还喝了他们自酿的黄酒。饭后李家姑父又领我到黄家院，找了几个老人打听。最后确认，父母亲在金花寨下，盖有两间草房，还指认了三爹之佳城。

2011年开始，十堰四蓝（郧县〔今郧阳区〕、蓝家河、竹溪、郧西）的宗亲相继动议修谱，我也参加了统计、走访的工作。《十堰蓝氏宗谱（三修）》历时 7 年，完满收官，于 2017 年 11 月份由中国文化出版社出版。

《十堰蓝氏宗谱》主编蓝善清为修谱不计报酬，不辞辛苦，任劳任怨，做了大量卓有成效的工作，堪称蓝氏有功之臣。2016 年 5 月，他在柑子园踏访时，发现我们老太爷开贵公的墓碑，其孙子中有我爷爷的名字，我们源自蓝家河宗脉，与五门宗亲的关系清晰。有《十堰蓝氏宗谱（三修）》载入备考证，至此，我的寻根问祖愿望得以实现。

我的家

我乃文靖公之三十三世孙，一沛公十三世孙。

据《十堰蓝氏宗谱（三修）》记载：早年一沛公由江西高安迁来此地，为蓝家河（安城大树垭）开基祖。

太爷宗大公，有兄弟四人，他为老大。宗良公为二，现后人在柑子园。宗友公为三，现后人在五门、竹山等地。宗功公为四，后人在堵潭沟。

爷爷治盛公，奶奶魏氏。爷爷有一兄弟，名曰治欣公，外号三元，娶吴氏为妻。有继子陈姓，居住在堵河口里三滩湾。

父母亲曾在寨沟里的金花寨居住，后迁居两个洼对面的抗家山脚下。最后在宋家沟小住。此几处原归界牌乡管辖，后改安城，再改五峰，总归郧阳区，位于汉江边。

爷爷1948年病故。奶奶1926年病故，时年32岁，安葬在宋家沟。当时父亲才8岁。

外祖父姓韩，尊名不知，可能是韩家洲人氏。他带我母亲外出做客时走散。所以母亲直系亲属，一概不知。

1945年之后，国民党到处抓壮丁，已经到了疯狂的程度。父亲躲着不敢回家，他把藏身之处，告知放牛的小爹。母亲给他送饭时，再去问小爹。结果，还是被逮住两次。第一次，到县城集中时，父亲趁人不备，捡个烟头，把烟沫揉到眼睛内，致使两眼流泪不止。当官的见其眼睛不好,故放之。自此后,父亲眼睛视力大减。第二次,父亲已经被送入军营,却遇到他救过的人,此人此时已为官,遂把他送出军营。此后,父亲更是乐于助人。

为防止再被抓,父亲随即带着母亲顺堵河上行进山,在对寺河停留了一段时间。1946年前后,到竹山官渡池湾定居下来。爷爷也后期上来。先是租住在杜家,添了大哥、姐姐和我。后来才另辟屋场,盖两间草房,有了两个弟弟、三个妹妹。

后来二爹、小爹也先后上来定居。三元爷爷也上来过。

父母都是厚道之人。父亲当生产队长十数年,总能公平办事。邻里有难事,父母都会倾其所有,尽其所能,毫不吝啬地帮助他人。包括母亲用乳汁喂养邻里的女娃,此后我姐姐却不幸夭折。邻里有纠纷,父亲会斡旋排解。邻里需要咨询时,父亲也会竭尽全力地帮忙。所以,对河两岸,都称他们贤德善良。父母亲都是本分人,从来不惹事,但也不怕事。

父母都是知恩报德之人,他们对共产党感恩戴德,认为今天的一切幸福都是共产党给予的。父母教育我们要本分、善良、勤劳、节俭,好好读书,要我们今后有出息,对社会有所贡献。这也体现了父母的睿智,看得深远。

养育子女是父母生活的全部。从我记事起,总看到他们操心、劳累、节俭,从早忙到晚,舍不得吃穿。父亲爱酒,却把准备买酒的钱又塞回衣兜。母亲总以菜充饥,把粮食省给儿女。晚上睡湿床,儿女睡干处。别人家都不让儿女读书,留在家里帮衬父母。而我们兄弟姊妹七个都读了书,父母再难,也要让我们读书。大哥读书至20岁,我也读书到15岁。如果不是"文革",还会要我们继续读下去。

父亲也自学文化。他先把毛主席的《为人民服务》《纪念白求恩》《愚公移山》三篇著作背熟,那是3400多字。然后再对照着书一边背书一边认字。功夫不负有心人,到后来竟会看报了。我经常看到他放工回来,边走路边看报纸,乐在其中。体现了父亲的聪明和智慧。

母亲勤劳节俭,含辛茹苦,无怨无悔,她把毕生的心血奉献给了儿女。

兄弟姊妹七个,都或多或少读了书,个个不聋不傻,身体健康。

记忆中的父亲

我大概 11 岁那年,跟父亲一起到 150 里外的田家中学,看望在那里读书的哥哥。

头天晚上,母亲给我们蒸了糖包,这是久违的、难得吃到的美食。我当时就想吃一个,可父亲不让吃,说留着明天路上当干粮。

虽然从小在山区农村长大,可是一下子走这么远的路,还是第一次。但是,心里惦记着那些糖包,就坚持着。走了 80 里左右的样子,实在走不动了,又累又饿,就坐下来想歇歇。可是,与我们相对而行的一个人,他也走不动了,也和我们坐在一堆。看样子比父亲年纪大,约有 50 多岁,穿得很破烂,拿根木棍做拐杖。父亲对他嘘寒问暖,像是久别重逢。我累得气喘吁吁的,懒得听他们谈话。

他们说了一会儿话,便各自往相反的方向而行。我也休息得差不多了,又见那人走远了,就向父亲要糖包。父亲说:"都给刚才那人了,他很可怜,几天没吃东西了。给你哥带的钱也一并给他了。"我听后,气不打一处来,我是又累又饿又气,实在是无话可说。我含着泪,咬着牙,坚持着,终于到了目的地。

他总是这样,帮助他人,倾其所有,不遗余力。

邻里有个妇女病故,留下一个两岁的女娃,没奶吃,养不活。父亲就把女娃抱回家,叫我母亲喂奶。因为母亲刚生我姐姐,有奶水。两个女娃一块喂,不知怎么回事,把别人家的女娃喂活了,我姐姐却夭折了,至此,我没有姐姐,终是遗憾。

他就是这么善良,乐善好施,做好事从不求回报的。

他早年驾船,身体也不壮实,并不是种庄稼的行家里手。但他当生产队长10多年,却受人拥戴。队里大事小情都是他做主。邻里有纠纷,包括社员家庭纠纷,都是他去周旋调停。别人遇到难事,向他求助咨询,他也毫不吝啬。遇到不公之事,也是他走在前面,替当事人讨公道。有一次,不知什么原因,与区长争执起来。区长说:"不说了,我说不过你,你是县长。"自此他便有了个外号——"县长"。

我们姊妹多,他还要叫我们都读书。家大口阔,钱吃紧。可父亲有很多的办法。打草鞋、扎扫帚,我常记得,他半夜起来往供销社送扫帚。他采用"向前倒"的办法,即扛一捆往前送一段路,再返回扛第二捆送到第一捆的地方,再扛第三捆……然后,再把第一捆往前送,再依次往前倒。他说这样,既休息了,又节省了时间,提高了运送效率。他是想在大集体开工前,把扫帚送到供销社。我们还种过胡椒,种过几年棉花。我常记得,他早上拿着棉花出去,晚上回来就拿一匹棉粗布,再出去一趟,白布就变成了蓝布,解决了我们穿衣服的问题。那些年他种胡椒、棉花,地又是怎么弄到的?种棉花的地有半亩多,挺大一块,我们摘一次棉花也要半天。那都是集体的地。为什么没人告状、没人提意见?他是怎么摆平的?

他给我的印象就是无所不能。

别人家养猪吃肉,我们家专养母猪,母猪下小猪卖钱。有时下的小猪多,他就计划着给谁添衣服,给谁交学费。可偏偏算处不打算处来,一天晚上,不知什么野物拖走了两只小猪。自此,他便在猪圈里架空搞个床，整夜守在猪圈里，直至小猪售完。

最让我佩服的是他自己学文化。1964年前后，全国都学《毛泽东选集》。其中《为人民服务》《纪念白求恩》《愚公移山》这三篇文章，当时被称为"老三篇"，上面号召大家都学。父亲也想学，因为他是知恩图报之人，他一直感激共产党，帮助穷苦人民翻身得解放，过上了稳定的生活。他要我把"老三篇"，逐篇念给他听，他想背下来。我就一个自然段一个自然段地给他念。他记忆力很好，一个自然段给他念三到五遍，他就会背了，我觉得我没费多大力。几个月时间，他就把"老三篇"背得滚瓜烂熟了。我数过，"老三篇"总共3400多字。

最难的还是他对着书边背边对照着认字。真的是不容易，需要很大的毅力和耐心。一有空，他就把"老三篇"拿出来，边背边在地上写。我印象中也是不长时间，我放学回来，见他坐在堰上，竟然可以把《郧阳报》读出来了，虽然还有些字不认识，读得磕磕巴巴，但是还是能弄明白那段文字的意思。他很兴奋，可能觉得自己也是"文化人"了。经常见他放工回来，路上边走边看报。虽然一张报纸要看十天半月，但是字也越认越多。他这种精神对我影响很大，他永远激励我，不怕任何艰难险阻，勇往直前。

他平时爱酒，可也喝不多，二两足矣。一次，我跟他去供销社购置年货，见别人买酒，他也想买。那是散酒，一块二一斤。他从口袋里，拿出一角二分钱，可举棋不定，犹豫了一会儿，又把钱放回衣兜里，一会儿再把钱拿出来，他踌躇了半天，最终还是黯然离开了。我看在眼里，心里不好受。可惜我身上无钱，没能力满足他的愿望。但他这种节俭的品质，也使我难以忘怀。我们慢慢长大了，都知道给他分忧解难。有一次，我大妹用卖金银花的钱，给他买了一瓶酒，被他责怪了半天。我想他心里一定很高兴，有酒喝，又见女儿孝心，但又觉得浪费钱了。

我受父亲的影响比较多，他常告诉我，一树松柏一树花，花笑松柏不胜她，有朝一日风霜下，只见松柏未见花。对人要真诚，要小意，不可傲慢。做人要凭本事，不要花言巧语，不要做表面文章。

1974年，他得了胃病，我从部队请假回来。在镇里县里都查了，说是胃癌。我想做手术，医生劝我，说他身体不行了，骨瘦如柴，扛不住，说不定下不了手术台，要是如此，你也不忍。我想将父亲带回部队，又怕他"终"于异地。最后，只能听任自然。他几次三番逼着我，叫我早点回部队，不让我陪他度过最后的日子，怕耽误我的前程。那时候通信不方便，要向部队续假，电话打不通，电报又太慢。可怜天下父母心，在他生命最后的时间里，心里想的还是儿女。

我记得有一年，我腿上长疮，他背着我，上坡下岭到处求医。这次他被确诊为癌症后，一直在安慰我，说自己命大，会好的，好了再向我要钱，说他现在死了也不算短命。他在我面前从未表现出丝毫的不悦，不疼的时候总是有说有笑，疼的时候也没有大声呻吟过。我每次外出回来，一开病房门，他就赶紧把眼泪抹去。说明他背着我时，一直在哭。他为了儿子的前程，为了让儿子安心工作，完全放弃了自己的感受。我极少见他哭过，第一次见他哭，还是我当兵走的那天早上，他捶胸顿足地哭。我知道，他想把我留在身边，却又无能为力。他给我剃了无数个头，住院时，我也给他剃头了，这是第一次，也是最后一次。我不慎把他的头割了一个口子，一点儿血都没有。他却很高兴，很满足，儿子会给他剃头了。出院之前，我背着他在城里转，忘了在哪儿找了一辆自行车，驮着他，还把他摔了一跤。我们在县城的大桥头上坐了很长时间。他说："共产党好啊！修这么好的桥，万古不磨呀!"

我最大的失误,是没有陪他回趟老家,他自从离开老家以后,因为考虑钱,再没有回去过。他也没坐过汽车。当时是怕他受不了舟车劳顿,也是因为没有人商量、提醒,这也是我一生的遗憾。类似的事情,我总在提醒别人,而没有一个人提醒过我。

我花了47块钱,给他买了一个收音机,陪伴他。到部队后,我就找关系,买"杜冷丁"(哌替啶),这是麻醉品,不好买。因为,之前是吃去痛片止疼,到后来药量加倍也止不住疼了。只能买这种药,第一次买的,他用上了,第二次买的,大哥没送回来。去世的那天早上,他吃了很多去痛片,也可能是去痛片吃得太多,就永远地离开了我们,离开了他时刻牵挂的儿女,享年才57岁。

他的音容笑貌,连同他的品德和睿智,永远留在我的心中。

苦命的母亲

转眼间,母亲逝去已 41 年了。

概括母亲的一生,就一个字——苦。母亲吃苦多、受气多、干活多、吃得少、穿得少、睡湿床。

外祖母去世得早。但母亲对外祖母还有印象,对堵河口这一地名也熟悉,可能家是韩家洲的。一天,她跟外祖父走人家,外祖父在屋里和大人们说话,她在外面和小伙伴们玩,不幸父女俩走散。从此母亲就没有家了,一个亲人也没有了。她撕心裂肺地哭了很久很久,她呼天抢地,叫天天不应,叫地地不灵。天不佑人,人自救。从此她孤苦伶仃、无亲无故地流浪漂泊多年。

母亲和父亲结婚后,也是过着颠沛流离、居无定所的生活。他们在金花寨下住过,当时三爹得狂犬病,病故时还是母亲一人处理的后事。在抗家山下、宋家沟都是租住别人家的房子。在对寺河还住过一段时间。最后,到竹山,才算安定下来。

俗话说:"子多母苦,盐多菜苦。"生下我们七姊妹后,日子就越加辛苦。20 世纪 60 年代,国际形势不好,全国上下备战备荒,生产队收获的粮食很多交了公粮,城乡居民都是定量供应。像我们家大口阔的,更紧张一些。母亲不仅要操心弄粮食,还要操心把粮食弄熟。饭做好了,先可着父亲和我们吃,有剩下的她才吃,没剩下的就饿一顿,或煮青菜充饥。父亲曾说:"母亲从未吃饱过。"1959年饿饭,我跟母亲上摩天岭借粮,人家给我们煮了苞谷糁掺野葫芦叶,妈吃了七碗。我记忆中,她经常晕倒休克,我们吓得又喊又叫,等一会儿,她又醒过来了。按现在话说,就是低血糖,是长期饥饿,缺乏营养导致的。

儿女的吃穿,都是母亲操心,一家人的饭她要做,没米下锅了,她要想办法,或借或凑合,怎么凑合一顿?向谁借?都是她操心。总不能让儿女饿肚子。那个年代,谁家有多余的粮食?借粮总免不了看人脸色,多说好话,脸面丢尽。七姊妹穿的衣服、鞋子,都要母亲晚上熬夜一针一线地缝,一年总要给儿女缝一身新衣,做一双新鞋子。母亲总有干不完的活。白天还要到生产队劳动,挣工分,挣口粮。在地里干活,又舍不得戴草帽,一个夏天背上要脱几层皮。

那个时候,家里贫困,盖被和垫被都是有限的。根本没有多余可替换的垫被。尿片子也有限,儿女们把床尿湿了,都是母亲用体温暖干。儿女睡干不睡湿,左边湿了换右边,右边湿了换左边,两边都湿了,就睡在母亲身上。母亲总是睡湿不睡干。被子也可着儿女盖。生养七个儿女,母亲就睡了近20年的湿床。到头来,母亲落下风湿病和肺炎。

儿子大了,知道讲漂亮了,吵着这个补丁没补好,那个馍没炕好,她得忍着、受着。有儿媳妇了,跟她吵闹,被天良丧尽的儿媳妇拖行很远,儿子仍偏向媳妇。儿子是自己生的,儿媳妇是儿子喜欢的,母亲只能自己承受着。她也不能跟儿媳妇计较,怕人家说自己不贤德,后面的儿子不好娶媳妇。孙子孙女自己带着。再有了儿媳妇,母亲叫他们出去单过生活,怕影响他们发家致富,累赘负担仍旧自己担着。

母亲到部队住了几个月,并不是去休养,也是为了帮我照护孩子。舍不得吃,总吃菜帮子,吃剩菜,舍不得看病住院,捡废品卖钱。我还不知道体谅。我很不情愿地帮她卖过一次废品,她收了三十几块钱,那是 20 世纪 80 年代初,这算不少钱。我也高兴她有了自己的收入,自己可支配的收入。在部队期间,她经常帮助打扫公共厕所,与前后左右邻居关系很好,她走的时候有两家给她送礼物,比如煮鸡蛋。听说大儿媳妇犯事被抓,她吃不香,睡不着,急着回去探望。跟大儿媳妇一见面,就把自己的好衣服脱给了大儿媳妇。大儿媳妇曾打过母亲,拖过母亲,母亲仍不离不弃地照顾她。母亲的胸怀如此宽厚,我至今仍不能明白。

母亲一生含辛茹苦,日夜操劳,为儿女付出无尽的心血和汗水。她默默承受着家庭的重担,忍受着儿女的抱怨、指责、苛求和无知,无怨无悔地向儿女奉献了她的全部。

母亲的一生是吃苦的一生、勤劳节俭的一生、逆来顺受的一生。我为没有尽孝而悔恨,为母亲的境遇悲哀和不平。愿母亲在天上安好。

发　妻

我与发妻结婚49年，2025年就是金婚了。

时间过得真快！一转眼，我们厮守近半个世纪了！真的是不容易！在我的人生中，她陪伴我的时间最长。我的书中，不能没有她的影子，要有对她的记载。

发妻一米五五的个子，大概百把斤。永远的偏瘦，皮肤不黑也不白，初见面时有两条长辫子，走路不摇晃。说的是普通话，但话少。谈对象时也很少说话，为此，差点儿散伙。眼睛清澈不呆滞，还是双眼皮。五官齐全，布局合理，五官摆放也没大的问题，可是不漂亮，但也没有丑到哪儿去！她脾气有点儿倔，总是不温不火，我行我素。你说破天，她都不会改主意，是那种顽固到底的人。

我年轻时不乏被美女追赶，有干部子女，有军人，有音乐人，她们长得都很漂亮，个子高，身材好。可她们不适合我，我不能理睬她们。至今她们中仍有终身未嫁的，我隐约觉得有愧于人。可我家庭的条件，还有我的情况，都跟人家不合适。俗话说："铁打的营盘，流水的兵。"我早晚都要转业回故乡，家里的情况也使我不宜留在外乡，要回家帮衬家里。所以，我找对象的第一个条件，就是要能跟我走南闯北，我到哪里她也要到哪里。那些漂亮的干部子女、军人、音乐人，我估计她们不会答应我这个条件。就是她本人同意，她家里也不会答应的。当然，我倒是也没有问过人家。何必多此一举呢。

从发妻的家庭情况来看，估计我带她走时，她是没多少牵挂的。听说我找对象了，首长们也挺关心，都特意暗中看了发妻。他们说我是一见钟情，意思是说我标准不高，有的还给了我忠告。可我就是觉得我与发妻合适，条件相当。我终身无悔。其间上级调我去军区，来人在我们部队待了几天，找我谈了两次，我说："我正谈对象呢，不去。"来人说："吹了，到军区再给你找个干部。"我说："那要不得，人还是要讲道德的。"第二天他就快快地回军区了。我是讲信义的人，不会只顾自己而无视他人的感受。

我与发妻也是在吵吵闹闹中，度过了这么多年。为了给孩子一个完整的家，我们都委屈了自己，成全了这个家。再说金无足赤，人无完人。她优点很多，缺点也不少。

首先是勤快、不懒惰。勤俭是治家之本，勤能补拙呀，这是最重要的。家里的家务活，她干得多，我干得少。有些该我干的活，我不想干或没时间干，都是她干。她那双电焊工的手，手劲比我大，我搬不动、拧不开、嫌烫手的东西，她都能拿下。

二是不好吃。年轻时，我们工资都少，肉、蛋、鱼都吃得少，有得吃时也是互相谦让。以后有了儿女，好吃的就先可孩子吃。我吃饭不挑剔，但我不愿吃剩菜剩饭。家里的剩菜剩饭都是她吃。现在生活好了，她也舍不得吃好的，让孩子们吃。孩子们不想吃了，剩下了，她才全包。

三是手还算巧，针线茶饭还好。孩子们的衣服、帽子、鞋子、毛衣，都是她做。那个时候，这些没有卖的，也没钱买。她给我织了很多各式各样的毛衣，有的到现在还没穿过。她做菜没有从过师，过年过节，有客人来访，也能应付一下场面，十几二十个菜随便就拿出来了。难能可贵的是,她还注意学习当地风味的菜肴。说难能可贵,是说她,别的方面不学,学做菜积极,恐怕也是为了让家里人吃好。

四是能吃苦。她在建筑安装公司,我在部队,到点了就要上班,不到点不能下班。她是电焊工,上班很累。回家了要洗衣服、做饭、带孩子、做衣服鞋子、搞卫生,真的很忙。有时还要熬夜。好在我多数时候都在办公室上班,活儿轻,回家了能帮助做饭,带孩子,接送孩子。其他家务活,我不愿意干,都是她的。我在家时还能帮她,我要是去军区开会、学习、出差、下部队,家里的事就都是她的了,没有人能帮忙。关键是上下班时间卡得紧,不像农村,早点儿还是晚点儿问题不大。我们带孩子的成本,比别人带孩子的成本高。我们对孩子呵护有加,照料得仔细,从来没让孩子"放野马",吃、喝、玩都可着孩子。我妹妹和母亲,先后到部队帮我带过孩子,但那都是短时间的,主要还是靠我们自己。饭又不能在街上买着吃,那个时候也没有那个经济条件。我结婚时还欠 600 多块钱,婚后两年才还清。接着母亲有病了,我又回去探望,回来又欠几百元,真正用在母亲身上的不多,都送给铁道部了,花的路费多。那个时候,我们两个的工资加起来一百挂零,要还账,孩子的牛奶钱、房租、水电、托儿费一扣除,有时也给母亲寄一点儿,真的是捉襟见肘了。好的是,发妻娘家不要我们的钱。那个时候还是蛮苦的,好在我们都挺过来了。

五是忠厚善良。还没有结婚她就给我母亲做了被子寄回去。结婚时第一次进门,她给我们一家老小都带了礼物,却未从婆家得到一针一线,还把两把辫子混丢了。这都怪我,家里条件差,我也没考虑周全,觉得一家人就该同甘共苦。路过北京时她要买一件暗花衬衣,我觉得太花哨,没同意买。她陪我排了 4 个小时的队，买了4斤鸡蛋糕，她也没吃着。事后我也后悔了，其实那件衬衣就是白衬衣上用白线绣了花，后来找着买，还找不到了。母亲第一次到部队，帮我们看孩子，她对母亲照顾得仔细，那时买肉要计划，她就给母亲买熟肉，妈长妈短，叫得亲热。侄子当兵是她极力主张的。之前，主张小弟当兵，但那时力不从心，没办成。

我有时为了教育孩子，又舍不得骂孩子，就吵她，指桑骂槐。她一头雾水，丈二和尚摸不着头脑，只好受着。

古稀之年了，她带孙子，吃不好，睡不好，别人在这个年龄已经休息了。去年去西双版纳旅游，她走不脱，我只有一个人去，我要是等她有时间了再游，我便走不动了。所以，我便急匆匆转一圈，就回来了。

当然，她也有缺点。一是脾气倔，不容易沟通，或者说她不会沟通。刚结婚那会儿，我说啥她都不吭声，我怕她憋屈，就逗她说，她一旦开口了，我就把嘴闭上，让她尽量多说，让她发泄一通。慢慢地她也会冲我发火了，我却很高兴，因为她不像以前那样憋屈了。一家人免不了说些家常话，甚至是废话，才能把事情说透，说清楚，但她对此很反感，不愿意说，也从来不相信我说的。二是自己不吃、不喝、不休息，也要无底线地、不分是非地满足孩子们的愿望和要求。不懂得"慈母多败儿"的道理，混淆了是非，剥夺了孩子们学习锻炼的机会。在儿女面前，她是一个尽心尽力的保姆。与她相比较，我便是不折不扣的恶人。与她厮守半个世纪，她是没有错的，至少她是这样认为的。

我们都是古稀之年的人了，很多事都过去了，一去不复返了。一切美好的事物，一些伤心的境遇，都只能是一段段回忆了，再也不属于我们了。剩下的时日有限，是非功过让时间、实践去验证吧，让后人评说吧！

养儿育女

说起养儿育女，就一个字"苦"，两个字"很苦"。

尤其在我们这种家庭就是非常苦，而且我们带孩子的成本远高于其他人，很精细。夫妻两个都上班，按点走，我还在部队，早出操、晚点名，有时还加班。下连队、去外地出差、开会是常有的事。两边的老人都不能帮忙。孩子奶奶家远，姥姥家虽然说近，但孩子从来没有单独在姥姥家待过。人家有人家的事，也没有那个义务和责任。孩子还是自己带，大人吃苦，孩子也吃亏。如今想起来，心里仍如刀绞，辣辣地疼。

那个时候的产假是 56 天。女儿出生后没多久，眼看产假就到期了，只有把我母亲接来，帮忙照看了两个月，可母亲放不下家里的人，春节前就回去了。没办法，我就找到一个随军的老太太，请她帮忙，一个月给 30 元钱保姆费。她儿子是作战股长，陕西西安人，人好。可女儿认生，第一天，我送去，她大哭。我在门外听了一会儿，还哭，心里不忍。可要上班，只能眼一闭、心一横就走了。中午下班了赶紧跑去抱回来，还要做饭。吃完饭，下午我上班了再送去。发妻在建筑安装公司上班，上下午各回来喂一次奶。因为离家远，需要骑车子，上班还上高爬低的，听她单位人说，她还晕倒过两次。所以，她就想办法调到了西夏商场，离家近，也不用出差外埠。后来，老太太的儿子要转业了，我母亲又来照护了几个月。女儿满周岁了,我又找一老太太,是发妻他们的熟人。每次换人,孩子都免不了要哭两天。女儿戒奶的时候,也是按我"长痛不如短痛"的理念,叫她妈回娘家,我一个人在家照护,白天喂米稀饭、馒头或方便面。晚上我抱着哄睡,半夜她要吃奶,我就给她个空奶嘴嘬嘬。一周后,她妈回来,给她奶吃,她就躲。

女儿小时候聪明,我跟她妈都在时,她会不听话,闹人。我们单独在一起时却很乖。记不清是几岁时,我打过她一次。应该是没上学、没练琴之前,大概是 5 岁吧。至今想不起来为什么会让她一个人在家。我下班回来没见她,就找了一圈,没找到。就怕她跑出营院,我走到营房大门口时,见她和一小女孩儿,蹦蹦跳跳地从营区外面回来了。到家后,我还想了想,打不打呢?打吧,还小,她又在兴头上。不打吧,以后不吭声,再往外跑,营房大门外,就是车来车往的马路,过往行人也多,很危险。那时候,已经有偷小孩儿的,说是用小孩儿肉烤肉串。我已有过惨痛的教训。那就打吧,要她长长记性。我找了一个小树条,就朝她腿上抽了六七下,边打边给她说:"以后出去要给大人打招呼,要听话。"她哭我也抹眼泪,谁愿意打自己的孩子?打在孩子的身上,疼在自己心上。我是把对两个孩子的感情,投入到她一个人身上。生了她,养了她,要对她一生负责。她不懂事,大人要把关,大人的责任比天大。好在小时候挨打,她不会觉得很痛苦,长大了再打,孩子就很痛苦了。打完又叫她跪着。我赶紧去做中午饭,等我再看她时,她屁股坐在脚上,就叫她跪搓衣板。一会儿再看,她又把搓衣板翻过来了。就我俩在家,该吃中午饭了,就算了吧!问她记住了没有,她说记住了。记住了就行了。之后要出去玩,或别人家留她玩,她会说:"我去给爸打个招呼。"为此很多人夸她,说她说话像大人。

女儿不到六岁，就学小提琴，她很认真，能吃苦。别人孩子在老师那儿学琴，拉一会儿，还要家长抱抱。我故意大大咧咧地不抱她，要女孩儿当男孩儿养。到现在我还怀疑，她不长个子，是否与站着练琴有关。练琴时左胳膊更累，一直平举着琴，手指还要不停地按琴弦，就是空手举半个小时也受不了！第一个老师带五个孩子，她突出，耳朵也好使，自己调琴弦，不要参照音，而且每根弦单独调，不需要听音程关系。老师主动叫我们"另请高明"，说他能力有限。我们就又找了一个专业的，是歌舞团首席小提琴手。他也带五个孩子。一年多后，我们都很熟悉了，老师跟我说："这五个孩子里面就你的孩子能练出来。"我说："那你赶紧告诉别人家长，别瞎耽误时间，还要给你交学费。"老师说他不好说，慢慢暗示吧。不久他又给我们推荐个老师，艺校的校长，还教过他的。不过这老师特别严，特别厉害，哪个音拉不对了，他拍手，拍得太响了。我怕吓着孩子，我有点儿想打退堂鼓。可人家说她是个"苗子"，那就接着练吧。课上完了，买个雪糕，权当安慰。上学前，她自己在家练了一年琴，很自觉地练习。我上班中途偷跑回来看，她都在练琴。与其他同龄小孩儿比，玩得少了。我下班后，还是让她出去玩，只是我上班时，把她关在家里练琴。

练琴四年多，我们风雨无阻，真正地把练琴当成头等大事来做。为此，我舍去了升职和上国防大学的机会。转业时，是留在原地还是回湖北，也是犯了难。我带着女儿去了中央音乐学院，找个老师，拉给他听听，老师说能上中央音乐学院附小。那意味着，要有一个家长辞掉工作，在北京租房陪她，我们没那个条件啦！为此，我们父女俩，在西单地铁里，好一阵犯难，一会儿坐车向东，一会儿又坐车向西，左右为难。这都是命，生在我们这样的家庭，不是音乐世家，又不在北京住，练不出名堂的，就当个业余爱好吧。我专门回来找老师，老师是本省某年度的业余组比赛第一名，他儿子也跟他学琴，我估计老师差不多，教个业余爱好者应该没问题。我又让女儿回来跟老师见面，这才决定回湖北。小学毕业时，女儿顺利通过了小提琴五级考试。上中学功课多，我也不忍再督促，慢慢就放下了。女儿在北京上了四年大学，我还专门请她原来的老师帮忙挑选，给她买了把成年人用的演奏琴，她也没再练了。吃了苦学了本事，又把本事丢下了，可惜了。

对儿子我操心比较少一些。为了照顾他，发妻被调到了部队军人服务社上班。上班时间灵活一些，他一直由他妈带着。戒奶时，也是叫他妈回娘家，我自己带着，晚上要吃奶了，喂点白糖水，一周也就把奶戒了。平时他妈洗衣服、做饭、做家务时，就我带。儿子一岁八个月时，我转业了，为了照顾他，他妈又去商场托儿所上班，他妈上下班都带着他，因此他在幼儿时期比女儿条件好一些。学画画的时候，我发现他画画有天赋，工笔画临摹画蝉、画蜻蜓，比例关系和谐，好似所临摹的原图整体放大了一样。他却不认真，或标准不高。我打过两次，也只是给个"怕劲"而已。那时我刚到地方，要打开局面，有点儿忙。我若站不稳，家就不稳。相对比在部队时还忙。

他们小时候，我还有意识地叫他们玩碰碰车、打气枪、游泳等。

儿女都不笨，是可造之才。子不教父之过。如何把他们都教出来，这是我40岁以后的主要任务，我也不再考虑自己了。我自信，我能使他们在同龄人中出类拔萃。我始终认为，孩子有天赋，父母亲若不能把他教出来，是罪过。生活方面只给予基本条件，不娇惯、不溺爱。教的方法是"婆婆嘴"，多讲道理、多举例子。因为儿女们都大了，我只动嘴，不动手。但有个缺陷，就是"说"得多，真正"落实"得少，我一直相信他们自己会觉悟，自觉做好，实际就变成了迁就。发妻也极讨厌"说"，却不知"说"的好处——可使儿女们少"栽跟头"。教的内容方面，一开始我教儿女们一些励志警言、《增广贤文》或是自己的生活感悟。不久发现，这些东西都有些片面性，也有局限性。之后，就教他们如何认识客观事物。因为我年轻时就认为认识能力的高低是决定人生成败的关键，所以就要求他们学辩证法、学逻辑学等。他们大学毕业之前，或是上大学之前，还是多少学了一些。上大学之后，与外界接触得多了，信息广、良莠不齐，我说的话不相信了，自然也就不听了。可我仍然坚持"诲人不倦"，后来越发不行，只能作罢，因为他们已是成年人了。现在回想起来，我只有一条没教给他们，那就是"察言观色"。我怕他们会看人脸色以后，会影响他们的心情，但我这种想法是错的。"出门看天色，进门看脸色"才是对的，养成观察客观情况的好习惯，是有益的。其他的都教了。

我有时候也想，人为什么要生儿育女呢？是为了养儿防老吗？我觉得不完全是。是人的本能吗？是社会责任吗？更不是。自己温饱有忧，生我养我者，还无暇顾及，哪有这份闲心。我觉得，还是一种"赶时髦"的心态。就像别人上学，我也要上学一样。要不然，人家会说你是"异类"。有了儿女了，就不是"赶时髦"了，就变成了"责任""牵挂"，就甩不脱，丢不下了，直到自己脱了皮、掉了肉、搭上命。父母亲养儿育女是否有私心？我也说不好。但是有一条是千真万确的，那就是：父母亲是不会害儿女的。所以在这世界上首先应该相信的人是父母，而不是别的什么人。父母亲与子女之间，是管理与被管理的关系、教育与被教育的关系、抚养与被抚养的关系、监护与被监护的关系。这四个关系，也是四个矛盾。父母亲都想要对孩子的一生负责，至少我是这样想的。要把孩子成长的道路刨平捋直，要把可能遇见的情况告诉他，并告诉他应对的方法。最重要的是告诉孩子，如何面对社会、认识世界，以及做事谋略、为人的原则。既要授之以鱼，又要授之以渔。要不怎么说"可怜天下父母心"呢！

现在是信息社会，信息量大，且良莠不齐。不像我们小时候接受的都是正面教育。现在网络上什么东西都有，一些认识能力低下的人，就会跟着走。前天，网络上一小伙子说："要说感恩，应该是父母对孩子感恩，因为孩子对父母有恩情。没有哪个孩子求你父母要生下他，他来到人间给父母增添了乐趣，成为父母的精神支柱。"乍一听，觉得他说的都是实话，实则不然。我在网上也加了评论："可你本身就是父母的细胞组成的，是父母身上的一分子，是父母身上掉下来的一块肉。不应当感恩父母吗？羊有跪乳之恩，鸦有反哺之义。"

不管咋说，教养儿女是父母的义务和责任，应该尽力而为。

人生两件事：为先人争光，为后人造福。这才是硬道理。

女儿毕业于北京工业大学，儿子毕业于武汉科技大学，他们都能自食其力，应该说我也尽到责任了。

永远的痛

兰敏,我的第一个孩子。

她聪明、乖巧、懂事,4 岁多时,因为摔了一跤,救治无效,永远地离开了我,至今已 42 年。留给我的是一生的思念,永远的痛,也有无尽的悔恨。这是我应该承受的。

1981 年 10 月 4 日早上,我从值班室值完夜班回家,她妈急着上班,没时间送她去幼儿园,正发愁。我说,我值班带着吧。因为我在值班,不能给女儿做饭。我领着她,想去商店买点儿吃的,一路上我们有说有笑。突然,她非叫我蹲下,揪着我的耳朵,小嘴凑到我耳朵上说:"爸爸你特别好。"我听了既高兴又感动,这是她留给我的最后一句话,好像也是最后的一句感谢话,又像是对我几年辛苦的认可。她又提前跑到前面墙的拐角处,等我走到那,她突然跑出来,吓我一跳,她笑得咯咯的。

那时候,物质还很紧缺,没有面包、蛋糕、牛奶之类的。商店只有些饼干,还有些叫不上名字的点心,我给她买了一点儿,也没注意她是否吃饱了。

走到值班室,前面有个圆形花坛,直径 3 米左右。她要藏猫猫,我记得她刚才说的话,就把她放到花坛上,我躲到花坛中间的小树丛中。她还没找到我,就从花坛上摔下来了。我跑过来,抱着她,检查身上,没有伤。我也没觉得花坛很高,因为,我们成年人平时没事，随便就能坐上去。她说头痛，我就边哄边往家走，她想睡觉，到家就哄她睡了，我开始做午饭。中午，她醒了，我在外面上厕所（那时候家里没有卫生间），我跑回来抱起她，她开始呕吐。我和她妈就送她上医院。我问医生："是脑震荡吗？"医生说："比脑震荡严重，要赶紧送军队医院。"那时也没有120，我就跑回部队叫车。到军队医院门口，已有医生护士等着。他们直接抱她到手术室，做了开颅手术。手术完了，天已黑了。医生把她抱到病房，我喊她时，她眼角滚出几滴眼泪。之后，她再没有醒过来。在医院救治了9天，12日，小心脏停止了跳动。把她头发还给她后，她眼睛才完全闭上。

我悲痛欲绝，两次想要自杀。子弹上了膛，枪也顶住了太阳穴。转念一想，我的孩子出事了，我撕心裂肺。我要是死了，我妈不是也会死去活来吗？再说，男子汉要为自己的过错承担后果。一死了之，就是逃避，不能死，可活着又觉得无意义。自此之后很长时间，我对事业、对家庭心灰意冷。时间长了，我也想要振作起来，但再也恢复不了原样了。

她住院期间，部队的领导、同事、家属、职工都乘公交车，跑20多公里来看她。每天看望的人不断，对我是安慰，她也该高兴。

孩子的音容笑貌，时常出现在眼前。她3岁多时，因她奶奶病了，我带她回了一次老家。她从未见过奶奶，却能认出奶奶。走时，她喊了一声奶奶，就哽咽了。路过北京，见到很多好吃的，她说我拿不了，就不买了。因她妈患乳腺炎，孩子都是喝牛奶。我和她妈都要上班，孩子遭了不少罪，也没好吃的。我和她妈也很辛苦，好不容易带到能省事了，我们也想喘个气了，她却离我而去了。

未成年孩子的衣物，不要随便送人！

自己做了梦，要尽量往好处想，不要给别人说！

不论是大人，还是孩子，都不要无故睡懒觉！

带孩子要时时刻刻注意安全！

40多年过去了，经常想起她，心如刀绞。退休后，有时一天三次想她，走到哪儿，都有她的影子。今年，我独自自驾游，始终感觉她就在我身边，好像是要我去陪她。

如今，我已步入古稀之年，没办法把她搬回来。她在那里出生的，就让她孤独地待在贺兰山上吧！直到我死了，这种思念，这种疼痛，就结束了。

我哭着写完这段文字，希望它，留在人间。

小弟命苦

小弟生于 1959 年 2 月，适逢国民经济困难时期。

父亲给他取小名"荒年"，大家都叫他"荒年子"。小时候没饭吃，母亲更没有奶水喂他，经常饿得直哭。能吃的东西都找来喂他，野果、野草都拿来给他充饥。我还记得，我和大妹砸青核桃喂他，我们把核桃仁，放在自己嘴里嚼碎了喂他，完了再喂点儿凉水。他能活下来真是不易。他慢慢地长大了，身体不好，很瘦，性格和我差不多。我当兵走的时候，他哭得死去活来。我到部队很长时间了，仿佛还能听到他的哭声。他身体不好，心地善良，又是我们四弟兄中最小的，所以我尽量多关照他。想让他多读书，可我没那个经济条件，再说山区教学质量不行，也不一定能读出来。有一年，我们部队在湖北接兵，他嫂子说让他去当兵，但我们部队后来没在我们县接兵，没有办成。我也曾经想给小兄弟俩买船跑运输，也出于某些原因，只好作罢。我只能帮他找打工的地方。20 世纪 70 年代末，不好找活干，他身体也单薄，瘦筋筋的，虽有一米七的个子，可没啥劲。我们部队附近有个砂场，实际就是在戈壁滩上，铲戈壁滩上的砂石用筛子把沙筛出来。要用沙子的人，会开着车去买。我托人让他去，给他送去米面。他干不了，铲不动大平板锹，铲了一锹也举不起来。没有办法，只好再给他另找活干。一天一块七的活也得干，能自己养活自己就行了。他没啥文化，我没啥本事，找来的活儿，都是苦活累活。反正我也不要他的钱，他自己挣钱自己花，应该是可以自食其力的。

他在边防修公路的时候，遇见一女孩儿，俩人都有意思。我想那里太远了，我还是遵从父亲的想法，把姊妹们捆在一起，我也是要回湖北的。所以，我没支持。现在想起来，他那个身体倒是适合放牧的，兄弟们离得远一点儿，未必是坏事。所以，观念决定一切。

二十四五成家了，有了孩子，他挣的钱越发不够花了。

从我这里打工回去，带几百块钱，再来时，连吃饭的钱都没有了。挣了钱也舍不得拿钱维系关系。挣一个有两个要花。他一是想多挣钱，二是想自己少吃或不吃。他挖孔桩基坑，我很担心，十几米深，地质结构复杂，安全难以保证，他说挣钱多。还一直想去挖煤，我却一直拦着。他唯一的办法就是自己不花，舍不得吃、穿、用。有了病舍不得花钱，只有我领他去打吊瓶。去世前两天他很满足地跟我说，他买了个鸡腿吃了。是自己满足了，还是终于潇洒了一把？对孩子他不这样。三个孩子在镇上读书，一个星期来去一趟，就是三十块钱，一个月多少钱？一年多少钱？我跟他说，不让他们坐车，叫他们走路，或者空手走路，带东西时坐车。他冷冷地来了一句："自己的孩子自己疼。"他在工地上吃饭，把孩子安排到小饭店里吃。

最后在银川工地生病的时候，还是舍不得花钱，要等工地负责人送他去医院，我吼了他。他要回来，还叫我去接他。我说："我那边人多，打个电话就行了。脑梗，六个小时内是救治的黄金时间，赶紧住院，不能折腾耽误时间。"他还是坚持要回来，可能冥冥之中有啥感觉。回来后，我看情况还好。就怀疑他不是脑梗，可能是北方日夜温差大，晚上看材料场，舍不得买棉衣，冻得血脉不活了。出院的头天下午,我们在一起晒太阳,说了很多话。他烟也不抽了,我也只剩半包烟,就一起抽,我没想起来上街买包烟给他。说到他吃了个鸡腿,很高兴的样子,我说那不应该的吗?说孙子不让抱了,我说孩子大了嘛!说到家庭不和气,我说:"有病了打不了工,回老家把房子再建起来,种庄稼吧。"他说病好了还去庹老板那儿打工。我说:"不去了,买个四轮子到天台拉废旧的空心砖,回来盖房子,房子盖起了,等于把四轮子赚回来了,有空可以跑运输。"他说不会开,我说:"不是有我吗?"那天他还提到说,谁谁的病是耽误了的。后来,他要上厕所,我俩找了一圈也没有找到厕所。我说:"那就回病房吧,太阳也跑了,我也该回去了。"临别,他说:"今生是兄弟,来生不是了。"这是他对我说的最后一句话,像是一句提醒,又像是向我做的交代,意思可能是说,来生不再要我帮忙了,因为他叫我去接他,我没去,他有意见。也可能是兄弟间不舍。他可能意识到什么,在做最后的交代。出院的当天他给新房子添了新彩电,下午还在新房子里睡了一觉。他自己辛苦攒钱买的房子,也算他受用了。头年腊月三十的上午,还急着还我的钱。实际上他比我聪明,我好像没有这些感觉。

出院后的第二天早上,就出事了。

这天立冬,下着蒙蒙细雨,小妹妹打电话说,他躺在雨地里了。我赶紧给他儿子打电话,我也准备出发去找。他儿子来电话说没找到,电话打不通。我赶紧再打电话,是一路人接的,说人不行了,赶紧来。我问清了地址,又打电话告诉他儿子,我也出发了。一会儿他儿子说找到了,就近送中医院抢救。我说行。我去医院时,医院在做相关检查。最后医生说人不行了,已形成脑疝,也没有抢救。我说转到中心医院,中医院医生说路上可能就不行了,我说那也不能在这里等死。我看他胸前挂的牌子是主治医生，就更坚定了转院的决心，叫他打电话，他没打通。我又打就打通了。中心医院的医生来了就开始抢救，一直到他们医院急诊室，两个医生都在忙活。关于做不做手术，是我拿的主意，并且是我再三督促下才做的。我也是孤注一掷，拼一把，说不定能救过来。但是最后没有救过来。原因可能是，本来就不行了或者是做手术晚了。如果经济条件允许，继续住在重症监护室，也有可能有转机。

可惜他太年轻了，吃了一辈子苦，还没有好好地享受生活。幼年没饭吃，成年舍不得吃。姊妹七个四个能吼他，在家里也不行。他姑娘跟我说："我们都克爸。"他心地善良，喜欢帮助人，心眼好。在姊妹们之间，对侄儿侄女都很和善，一片真心待人。他家族观念强，寻根问祖他最积极。弟兄四个他最小，倒先走了。我总觉得，当哥的没有尽到责任，可能有些话说得不到位，不清楚，或者是该教给他的没来得及教给他，反正总是后悔。

昨天是他的生日，65 岁诞辰。我写这些是对他的缅怀和祈祷。

第二辑 少小往事

勤奋苦读

我该上学了,但恰逢三年困难时期,没上成。再上学时摸底测验,便直接上了二年级。

我上学之后,家里少个小帮手,大人就更忙了。所以,我就没见过父亲闲的时候,除了参加生产队的劳动,还要起五更睡半夜地打草鞋、扎扫帚、种棉花、种胡椒,想法挣钱。好在党的政策好,他生产的"产品",农村供销社都收购。

那时候,上学也不要学费。家里开销还能维持。

我上四年级的时候,包括我,家里有哥哥、弟弟、妹妹4个读书的。课本、作业本虽然不贵,加在一起也不少了。父亲当生产队长十几年,因开会、外面事多,所以打草鞋、扎扫帚的时间少了。仅靠母亲一双手,家庭收入减少。父亲虽竭尽全力,也维持不了家里开销。我眼看父亲招架不住,心里也很着急。晚上也唉声叹气,睡不着。这件事被父母当笑话说了出去,受到邻居的夸赞。父母养儿养帮手,图的就是能给家里帮忙。尤其是男子汉,在节骨眼上,不能没眼色,这时候还自顾自地读书,心里肯定过不去。我主动跟父亲说:"我不读书了,回来干活,减少开销。您看邻家子女也有不少没上学的。"他一听,眼一瞪:"不行!儿娃子不读书,睁眼瞎,将来啥出息?"他下决心要我上学!有邻居给他出主意,叫我哥回来,因为哥大我五岁,已上初中了,回来种庄稼也不亏了。父亲同样说不行。最终,父亲还是咬牙坚持着,要叫所有子女都上学。如果不是他的坚持,我们的人生之路将是另一种走法。

父亲是个有觉悟的人,坚持归坚持,但他有要求:解放军在边防苦战,工人农民苦干,学生要苦读。这话合情合理,我听得进,铭记在心,一辈子都在践行父亲"勤奋苦读"的训导,始终把能吃苦、能克服困难、能摆平遇到的问题视为基本能力,当作做人的基本标准。抱着不哭的娃子,吃个不打灰的馍(当地俗语,指在火中烤的馍,别人把上面的火灰都打掉了或搞干净了,不需要自己拍打,直接就能吃,意指自己不需要出一点儿力),那不叫本事。没有困难,人生也没有意义。

要继续读书,就要自己解决书杂费。我跟班主任老师说,想砍柴卖给学校食堂,换得书杂费。她给校长(她丈夫)说了,校长同意。星期天我就多砍一些柴,每天早上上学,扛二三十斤到学校。有三里路,还要过渡。扛着棍棍棒棒上渡船,好像也没人讨厌我,这是人家理解,我也当感恩。我始终记得班主任夫妇的好处。因为学校跟前就有不花钱的柴,而且是干柴。他们为了帮我,却花钱收我零散的湿柴。60年过去了,我和他们始终保持着联系,过年过节也互相走动。

用树叶当算术草稿纸,是我当时的创举。一个树叶用过后,擦了可以重复用。桐子树叶好用,光滑好擦,且从春天用到秋天,从青叶用到黄叶。后来读史知道了元代陶宗仪,他的《南村辍耕录》也是用树叶写的。几大缸树叶存于地下,成为传世著作。冥冥之中,他启迪了我。

饲养母猪,繁殖小猪,卖小猪换钱。是我们家特有的、行之有效的挣钱方法。我们家的小猪也肯吃,好养活,所以卖得快。每次下小猪,少则三五个,多则七八个,我们都很高兴。这是家里主要经济来源。父亲正盘算着卖了小猪，要办的事。可有时算处不打算处来，一晚上，小猪被野物拖走两只。从那以后，父亲就整夜守在猪圈，直到小猪满月卖出。

看着家里的情况，时刻提醒自己别当"死眼子"，要有眼力见儿，有活就主动干，抢着干，尽量多为父母分担一些。砍柴、推磨、舂米我主动承担，视为分内的固定工作。放学了，就在学校赶紧把作业做完。从学校回来，先把锅盖掀开，有饭就吃。没饭，就爬上杏树或桃树吃一阵。肚里有东西，人就有劲儿了，赶紧推磨或舂米。需要砍柴时，要上山越岭，走3公里路，天黑了才能回来。妈在山下呼唤我的声音，我现在还记得。

如果天还没黑，我会在山头上休息片刻，把我们公社的山水，饱览一遍，那种感觉很好。重峦叠嶂，落日余晖，微风阵阵，炊烟四起，那景象真好。晚上有饭就吃，没饭吃洗个脚就睡了。我能够体谅父母的辛苦和家里的艰窘。父母亲把我带到这个世界上来，养育之恩，报答不完，父母也说我是孝顺儿子。我在学校努力学习，年年基本拿一等奖。在家听话，多干活，尽自己所能。有时我还要给自己增加新的任务，提出更高标准。例如，过段时间，我要给妈弄捆干柴，还要捡橡子、挖红根卖钱给父亲买点儿酒喝。有一次，我在生产队劳动，要下雨了，大家都放工各自回家。我见附近有干柴，想弄些。下好大的雨，路滑，一不小心弯刀剁到脚背上，寸把长的伤口，被雨、血、泥糊住，我就自己撒尿冲洗。坚持把柴弄回家。后来，一条腿全肿了，我也坚持不休息。

1966年，我们公社有17个同学考上了初中，其中有我。但是，因为凑不齐学费，开学半月了，我还没有报到。一些学习好的同学，被选派到北京，参加毛主席第四次接见红卫兵的活动，并见到了毛主席。我因为没有报到，失去了这次机会，这成为我人生第一个遗憾。

那个时候，按上级要求，要搞"军管、军训"，我们初一年级，两个班编成一个连。连干部由大家选举产生，按得票多少，分别担任指导员、连长、副连长的职务。我得票最多，却让我当副连长，整队、带队还都是我的活。很长一段时间，我心里不痛快，因为我除了个子比人矮了一截外，没有不如人的地方，便有了一种被人小看了的感觉。这成为我有生以来的第二个遗憾。

好在这两个遗憾后来都得到了补偿。一是，1970年5月1日、1970年5月20日，我两次以军人的身份，在天安门广场金水桥头执行维护秩序的任务，见到了毛主席。

二是，在部队20多年，我的职务已超过了副连长。

小时候的理想，经过不懈奋斗，自然而然都会实现，这是我的经验，也是一条客观规律。

上初中时，学校离家60里，我拿两个月的口粮，要熬够三个月，伙食费、学杂费自己解决。星期天我一般不回家，因为中途过渡要4分钱，而且回家也没啥拿的。我留在镇上打零工，背沙子、搬石头、给供销社卸货，一天能挣5角钱，5角钱买大头咸菜能管一个月。没钱买咸菜时，我就往稀饭里撒点盐。夏天天热，晚饭我就喝2两稀饭，下河玩水。这样倒是凉快，可肚子空得快，晚上难熬。

由于我经常打零工，有余钱了，我就买10根油条，扎一小捆，作为给弟弟妹妹们的礼物。用小竹竿挂着，走60里路，招摇过市送到家，还给上医学院的大哥寄过5元钱。当年我也算是自给有余吧！

小时候没穿过胶鞋，下雨天、下雪天，我就把布鞋夹在胳肢窝里，赤脚走到学校，找水洗洗脚，再穿上鞋，如此这般可暖和了。

小时候，我挨了一些饿，也没有影响到健康，验兵时一次通过。

小时候，我吃了一些苦，都是心甘情愿的。吃苦耐劳，是优秀品质，是财富，是催人奋进的动力，是力量的源泉。小时候吃的苦，给今后的人生打下好的基础，形成了品质，养成了习惯。不管走到哪里，都肯出力，不怕苦，这就是成功的前提。但主动吃苦和被动吃苦，苦的味道不一样，其结果截然不同。主动吃苦，苦能磨炼人的意志，能提高能力，能创造幸福；而被动吃苦往往会消磨人的精气神。

我感谢小时候吃的苦，感谢父亲和母亲的坚持和付出，他们的品质一直激励着我，使我奋发向上，勇往直前。

砍　柴

山区农村似乎有一条约定俗成的规矩：男娃子砍柴，女娃子打猪草。

家家户户都一样，无一例外。

我虽有个哥哥，但是，我上小学三年级的时候，他在百里外上中学，寒暑假才回家。所以，我家砍柴的事，非我莫属，而且由我独揽。

下午放学后，我要走3里的上坡路。到家后，先看锅里有无吃食，没有饭就上树吃点儿杏子、桃子，或者别的什么充饥。

然后，我再看看米桶和面桶有无米面，如果不需要磨面、舂米，就去砍柴，拿把弯刀就出发了。上山的路都是樵夫踩出来的，有6寸宽。人在灌木丛中穿行，很少见到天空。

我要先走三里V形路，爬上住家后面有85度左右坡度的山，登上山顶后，再顺着70多度的坡下到山背后的老鸹颈，这里有好柴。住家附近也有柴，但多是灌木，不好烧，也不经烧。这里，树大林密，少有人来砍柴。3里内无人烟，山里异常宁静，心里自然发怵。这时已近黄昏，太阳西沉，快要落山了，余晖洒向大山，一片金黄。我无暇顾及，要赶紧砍柴。那时候，山中有黑熊、野猪、麂子、豺狗，也有流窜作案的豹子。这里离神农架很近，能遥望到那边的山。当时盛传，附近有野人出没。所以，我手上不停地砍柴，同时眼观六路，耳听八方，随时注意周围情况。以便有野物来袭时，我能尽早发现，尽快脱身。

天色渐渐暗下来，黑色慢慢笼罩大山，夜幕下周围环境更加神秘，我心里更虚，不知道有什么野物正盯着我，正寻找攻击我的时机。也许是我砍柴影响或打扰了它们。冬季天短，夜幕降临得更早。各种鸟也开始叫个不停。其中，有种叫凉水当当的鸟，叫声最为凄凉，使人毛骨悚然。据传，当年有一童养媳，被婆婆虐待致死后，变成了鸟，天一黑就叫个不停。它说："凉水当当，她吃干的，我喝汤汤。"它一遍接着一遍地叫，似乎在向我诉说。平时倒不觉得，夜晚我一个人在山里，着实害怕，怕它拉住我不让走。我赶紧把柴收拾好，扛着柴，爬1公里多远70度的坡，上到住家后山的山顶上。母亲不放心，在山下喊，我到了这里就能听到了。但我不敢应答，怕暴露自己的位置，给某种野物指明了攻击目标。

先在山顶松口气，缓解一下劳累和紧张情绪。这也是观山景的好地方，居高临下，能看到大半个公社。虽不是万家灯火，也有一二百人家。可那时，我没心情欣赏这夜景，说不定，后面会有野物向我扑来。这时，任务尚未完成，但饥饿已随之袭来。

一般情况下，一次砍的柴，一次扛不上来，需往返两到三次才能扛完。后面天更黑，人更累，更害怕。再返回去尤如上刀山，下火海，万般不情愿。可是男子汉，岂能认怂？眉毛竖起来，心提到嗓子眼，硬着头皮，也要壮着胆子往回走。除了鸟阴阳怪气的叫唤外，不时还有动物，在不远处窜行。要是不慎摔一跤，就有鸟叫："哦……豁——哦……好——"拐着弯，拖很长的音，像是幸灾乐祸。越叫越急促，越叫越凄厉。它的叫声，极具穿透力，在山里会产生很大的回音，很瘆人。一会儿又叫"哭了哭了哭了"，可恨至极。我恨不得把它逮住，将它撕碎。可惜它总站在大树尖上，也看不清它长啥样。后来听说它叫噪鹃，又叫鬼鸟或哥好雀。相传妹妹受人挑唆，把哥哥推下山摔死了，后来妹妹自己明白了，后悔也晚了。因思念哥哥和自责，妹妹不吃不喝饿死了，死后变成了鸟，一直喊着："哥……好——哥……好——"越叫越急。我却听成："哦……豁——哦……好——"似乎说我摔跤摔得好。

把柴背到住家后山的山顶上，就好办了，我把3捆串连到一起，顺着住家后山85度的山坡向下拖。以前我老这样拖柴，山坡上慢慢形成了溜洪（类似滑道），所以一会儿就到家了，有的柴会自动溜到家。

有时星期天我也砍柴，每天上学时扛一些到学校，以抵书杂费。有时也砍点儿带枝叶的柴，这样的柴不耐烧，但要引火用。砍枝叶柴的时候，会把两个妹妹抱到溜洪，叫她们坐在枝叶上，我拖着她们回来，相当于滑滑梯。她们笑得咯咯的，我也高兴。

砍柴，累不怕，苦不怕，最大的困难就是孤独和恐惧。这种情况持续了3年，直到小学毕业。我参军之后，多次央求父亲，不要让弟弟们到老鸹颈砍柴。每次回老家，我都要到住家后山山顶上，四处看一看，坐一坐，回忆那段别样的经历和感受。

砍柴包括了苦、累、饿、孤独、害怕，也有高兴，正像五彩人生。

爱听老人言

有时候想起来，自己也觉得很好笑。我自小喜欢跟老年人打交道，听他们说话。一个小娃子，凑到老人堆里，没有共同爱好，也没有共同语言，算干啥的？看起来也不协调。可我就爱听老人言，不管是认识的，还是不认识的老人，他们说的话我都喜欢听，权当是听故事。慢慢地，也似懂非懂地记住一些道理。

下雨天或冬闲，左邻右舍的老年人，扛着旱烟袋，聚在一起。他们或圪蹴在南墙根儿下，或围坐在火塘边。有一人高谈阔论，其他人洗耳恭听。然后再换一个"主讲"。有时互送自己种的旱烟，分享对方劳动成果。他们个个是烟筒，吞云吐雾，海阔天空。说家常，拍古今。他们有时哈哈大笑，有时又争得面红耳赤，热闹非凡，我也跟过去，带上耳朵即可，也不插嘴，听他们天南地北，谈古论今。听他们说张三尖、李四苕。听他们摆怎样做人，如何做事。看他们之间如何相处。还听他们摆规矩，说进退。谁吃了苦头，谁又尝到了甜头，对我而言都有听头，都是故事，我听得津津有味，甚至废寝忘食。我那时不交学费，耳濡目染，学了不少东西。作为回报，我偶尔也会很殷勤地给他们点烟。

别小看老农民，他们也听了老人言，听过戏文，见别人吃过亏，也听过别人捡了便宜的事，他们中也不乏有走南闯北的，上新安，下武汉，走老河口……他们把他们听到的、见到的、经历的收纳起来，再经过他们的实践、验证、去伪存真，最后吐出来的可都是真货，都是他们过滤了的精华。不听，才是真苕。

其实，人们都知道"不听老人言，吃亏在眼前"的道理。所以，人们都听老人言。不光是年轻人听老人言，老年人也听比自己年长者的老人言。因为，年长10岁，社会经验更多，思想观念也不一样。所以才有"活到老，学到老"之说。

若是，遇到人生选择，或者分不清是非曲直时，人们会向3个老人请教，倾听他们的意见。所谓"凡事要好，须问三老"。

要成为一名专业技术人员，诸如瓦工、厨师、司机，光看书学不会，非要师傅言传身教，口传心授。

刚参加工作的大学生，也很乐意接受老师傅的传帮带，积极把所学的文化知识转化为工作能力，并只争朝夕地积累社会生活经验。因为，他们知道，没上大学的同龄人，4年前已步入社会，多了4年社会经验。

老人言，说明白了，就是人生经验。说得再具体些，就是先辈们用血泪留下来的忠告。

若非要吃一堑长一智，未免太慢了。等把"智"长够了，人也老了，那"智"，也无用武之地了。吃一堑长一智，还要看你灵不灵光，不灵光吃八个"堑"，也长不了一"智"。倒不如直接听老人一言来得快。

听老人言，我也是有选择的，自己觉得是正确的，听进去，记住了。自己觉得不对的，不学。但还是记住了，必要时可以借鉴。

听老人言，潜移默化中，增加了知识储备和经验积累，为将来的人生打下了基础。走入社会后，我能出色完成各项任务，能得到领导的信任,入伍 8 个月当班长,27 岁已是营职干部,与爱听、善听老人言是分不开的。

鲁迅先生也主张"拿来主义"。"没有拿来的,人不能自成为新人"。"要运用脑髓,放出眼光,自己来拿!"他主张,先"占有",再"挑选"。"看见鱼翅"就"吃掉","看见鸦片""只送到药房里去"。听老人言,也是"拿来主义",也是"运用脑髓""自己来拿"的。

学游泳

我家门前有条河,古称武陵河,现在叫堵河。其实应该叫陡河,因为,它的确很陡。自然落差1586米。我家在其上游,平均坡降6.3%,它像脱缰的野马,从崇山峻岭中奔腾而下。雨季常发洪水,它裹挟着泥沙,日夜咆哮着,甚是骇人。每隔百米左右,就有一个急弯,有的是90度。河水直冲山体岩石,被迫愤怒的拐向另一个方向。20世纪60年代这一带不通车,公职人员到县城开会、办事,大多乘船。每年都有船毁人亡的事故发生。沿岸经常有人溺亡,我一个发小和一个小弟也被这条河吞噬。有时,同一个地方,3年后又有人溺亡。

所以,家长和老师绝对不允许未成年人独自下河。

可是,生长在河边,免不了要与其打交道。就说眼下,河里涨水,我们也要上学,过渡时非常危险。过河时,人们要先把渡船拉到上游,斜着向对岸漂流过去。渡船被大浪托举起来,又抛下去,反复数十次,才能到达对岸。我们的小命就掌握在几个船太公手上。万一有个闪失,没有能力自救,那就太被动了,有种任人宰割的感觉。我必须把主动权牢牢掌握在自己手上,不能指望和依靠别人,更不能把小命交给别人。把握主动权,是我的人生信条。小时候,走山区小路,遇到同向的行人,我都会请他走前,我走后。遇到相对而行的行人,我会站在山体一侧,主动让路。所以,当时我便下定决心一定要学会游泳。再说,人生道路很长。要当共产主义接班人,就要多锻炼,多学本事。这是革命的需要,也是生存的需要。游泳是一项求生技能,必须要学会。至于安全问题,则事在人为。

没有人教,我就抓只青蛙,把它放到水盆里,强迫它游给我看。它不情愿,又奈我何。我仔细观察一会儿,然后,再到河里实践。有时家务活太多,或父母盯得紧,我抽不出时间下河练习,就把青蛙留置两天。如此这般,观看青蛙示范,自己下河练习,不会了,再看青蛙示范,再下河练习。几个回合下来,就会蛙泳了。然后又自学了"狗刨""踩水""抢水""潜泳"等。

在自学的过程中,因为要读书,回家还要砍柴、推磨、舂米,父母又盯得紧,所以,练习的时间很少,而这又是掌握技能的关键,所谓实践出真知。为了能趁热打铁,巩固自学的效果,我就利用一切可以利用的时间,偷空就下河。由此引起一些故事。

有一次,学校午睡,我因肚里没食,睡不着。几个同学就偷偷下河练习游泳。不承想,许多同学也跟来了。有多事的向校长告了状。校长气得叉着腰、瞪着眼、喘着粗气,把我们集合到操场上。烈日下,校长吼道:"过了河者站第一排,到了河中间者站第二排,下了水者站第三排。"有人想蒙混过关,校长命其露出肚皮,用手指甲一划,有白印者至少到了河中间,肚皮划不出白印,但在腿肚子上能划出白印,必是下过水的。大家一看傻了,只好低着头,按要求站到该站的位置上,听候发落。

此时一位女同学,已替校长准备了青竹棍儿,有大拇指粗,一米多长,两端从竹节外剁齐,甚是结实。校长左手接过竹棍儿,从第一排左侧开始,逐个打手心。我才发现,校长是个左撇子,打人的动作很滑稽,我赶紧捂住嘴,忍住笑。此时,有躲闪者,致使校长棍子落空的,要再补两下。轮到打我了,校长棍子停在空中,突然说:"你感冒了,这次饶你,如有下次一起算。"我心想,谁感冒啦?我该罚,你却袒护,方知世间有不公,原来他迁就学习努力的学生。我回头看了一眼递棍子的女同学,我记住她的名字,但永远不会爱上她。

放暑假了,我们要参加生产队劳动,中午,可以躲过父母,下河练习游泳。一天,母亲得到消息,到河边来抓"现行"。可是,她还没发现我,我已经看到她了,她顶着烈日,在开阔的河滩上,向这边走来。我立马脚不沾地(把"踩水"动作变形,脚手配合,不等身体下沉,腿又向前蹬出),几乎从水面上,飞向母亲所在的河岸,与母亲处在同一平面内,此处恰好是她的盲区。她问了我同伴,都说我没来。她也没找到,扑了个空,快快不悦地走了。我心里也很愧疚,虽然躲过了母亲的惩罚,但我理解母亲的心情,可怜天下父母心。游泳还要学,安全更要重视。事后,伙伴们也笑话我,说我当时不仅表情很慌张,而且是飞过河的,把他们都整蒙了。

我学会了游泳,增强了体质,给后来的工作生活,也带来了很多方便。因为会游泳,我还救过人。在部队泅渡训练时,我游泳的动作,又得到了教员的指导、规范。另外,我还在北京参加了庆祝毛主席畅游长江四周年的活动。

救 人

上初一时，我刚学会自由泳，急于巩固提高。不顾洪水未退，河里还是泥浆水，我就想下河练习。有 A、B 两同学，听说我去游泳，也要同去，我没反对。我们三人找了一个"回水套"（即河水拐弯处，有部分水回流，形成了一个水潭），这里水深，够我们玩。我还跟他们交代，就在"回水套"里玩，别往外游，否则，会被大水冲走的，并把"回水套"的界限指给他们看。给他们交代完后，我便自己练习起来。

过了一会儿，突然有人喊了一声："冲走一个！"我回头看"回水套"，只剩下 B 同学一人了。我再往下游河面上望去，并没见到 A 同学。因为，水是黄色的，我们又处在同一平面内，所以看不到他。说时迟，那时快，我已经上了岸。岸上都是乱石礁，每个石头，都有半间房子大。我站在大石头上，往河面扫视，自上而下，又自下而上来回搜寻。河水翻着浪花，汹涌澎湃。搜索不到 A 同学，我心急如焚。在更高处，经路人指引，我才发现他在下游，已漂到百米开外了。此时下水去追，已经来不及了。我就赤脚，从这个石头跳向前面的石头，向下游狂奔，要到下游截住他。眼睛还要死死盯着他的位置，这样就算他下沉了，我也能知道他大概在哪儿。

我赤脚，在乱石礁里，跳跃狂奔 400 多米，估计能截住他时，就下河往河中游去。等他漂到我跟前时，我在他身后，抓住他头发，将他提出水面。只听啪的一声，他两手，已死死地抱住了我抓他的手，我吓得心怦怦直跳，差点甩开他。我赶紧，把他置于右前方，单手向岸边游去。我们终于上岸了。他吐了几口水，爬起来，没看我，头也不回地一气跑回学校。我觉得奇怪，我发现他时，他已经不会扑腾了。头以下都在水里，从他被冲走的位置，到把他救起来的位置，中间至少400多米。我截他时，有死马当活马医的闪念。为何他一上岸就能跑？事后问他时，他说开始就是喝水，心里很明白，知道要完了，之后就不知道了，当被提出水面的那一刻，又清醒了。

当天晚上，他害怕，要跟我睡，我没有同意。因为，我救他时奋不顾身，没考虑自己的安全。现在回想起来，后怕了。在救他的过程中，可谓是步步都凶险，层层鬼门关。如果我追不上、截不住他，如果我在施救中被他拖住了，如果再晚一点儿截住他，如果抓住他后，没有及时游向岸边……种种如果，都不堪设想。再向前不到一米就会进入更陡的急滩，河面坡度超10%。洪水咆哮着，直接冲向山根的岩石上，反弹回来拐一个急弯。如稍慢一点儿，被洪水冲到山根，不被淹死也会被碰死。我们俩的小命就都完了。那时，我们的爹妈会是多么悲伤，四个老人的日子还怎么过？

能把他救起来，是与时间赛跑，晚一点儿就不行了。再则我也是"半瓶子醋"，游泳是跟青蛙学的，它也只给我做了些示范动作。我游泳动作还不标准，不规范。能把他救起来，自己也安然无事，实属万幸。

之后几天，我都在反思。如果，他水性比我强，或者不让他跟着来，就不会有这码事。我不是后悔救人，救人是我本能反应。我只是想从中得到经验，捡到见识。首先，练习游泳不错，但我没看客观条件是否允许。洪水未退,河水浑浊,能见度差,本身就存在很大风险。其次,我事前没有三思,没分析后果,尤其是他俩跟着来,又增加了风险。再者,我恪守凡事依靠自己的原则,却又乐于助人。但是,如果自己能力有限,还勉强为之,则会害己误人。想帮助人,自己要有本钱。如果这次拜拜了,能算小英雄吗?谁来确认呢?

救人一命,胜造七级浮屠。我后来的人生,都是顺风顺水,遇事都有贵人相助。我也保持了乐于助人的品质,与人为善,当别人有困难时,我都会尽我所能,不遗余力地帮助人。

过生日

我儿时每年过生日,基本上都在青黄不接的时候。

陈粮吃完了,新麦子还没下来,笋子、豌豆又罢茬儿了。

不过我觉得,我过生日的时候,妈是很重视的。首先是时间记得清,不像我那可怜的小弟弟,他过生日时,会挨打,妈打毕了,才想起来,说:"娃子今儿过生呢!"母亲表现出的那种自责、疼爱的神情,使我一脸茫然,不知所措。至于为什么弟弟偏偏那天要挨打,一种可能,估计是他自己知道,今天是自己的生日,不见父母有所表示,自己又不好说,便弄些事来,让父母引起注意。不想大人的第一个反应是"打",第二个反映才是"娃子过生"。另一种可能,也许他也不知道今天是他的生日。我替他委屈,可怜他的无奈。我决心记住他的生日,2月17日。来年我负责提醒父母亲。我也只是记住了他某一个挨打的生日,他过其他年份的生日时,也不一定挨打。我记得最清楚的,当然还是自己的生日。多数情况下,我会有一碗鸡蛋面条吃,这是过年也吃不到的。可是,我要是自己独吞,是绝对不行的,即便强迫我独吞,也是不可能的。除非闭上眼睛,或端着碗到一个隐蔽的地方去偷吃。从我端上碗的那一刻起,就至少有三双眼睛,眼巴巴地看着我,并向我一步一步地靠拢来。所以,我必须是不假思索地、心甘情愿地与他们分食,以表现出哥哥的大度和关爱。说是分食，我顶多也就吸呷一点儿汤汁而已。此时此刻，我也是快乐的，因为我很有哥哥的样子。我很佩服自己那个时候的自制力，好像没有"饱"和"饥"的概念，"吃"了就好。不像后来长大了，包括现在，却不及儿时。有好吃的一定要吃饱或吃够，要不然心里不平衡。还是小时候的心态好，要把它捡拾回来才是。

有时候我过生日，家里没有粮食，就没有面条了，只能去找地皮菜。地皮菜也叫地踏菜、地耳子，我们管它叫"地脸皮"，或"地出溜"。好在我过生日的那段时间，每年都有很多雨下，所以地皮菜也多。那个时候青黄不接，地皮菜是饥年度荒的天然野蔬，是大自然的恩赐。有诗为证："地踏菜，生雨中，晴日一照郊原空。庄前阿婆呼阿翁，相携儿女去匆匆，须臾采得青满笼，还家饱食忘岁凶，东家懒妇睡正浓。"地皮菜好吃，那个时候，炒一炒，放点儿盐就行了。但是，清洗很麻烦，先把草儿、棍儿、石子拣出来。然后，再用清水冲洗几遍，还不敢用力揉搓。要特别注意检查有没有虫子藏在其间，尤其是一种线状的红色小蚂蟥，它生命力特强，如果吃到肚里可就麻烦大了。

有一年过生日没啥吃的，我就又去找地脸皮。路过葫芦田，发现生产队在收豌豆时掉了一些豌豆粒。豌豆粒经过雨水一泡，都发了芽，每个豌豆都像安了引信的地雷，个儿也比干豆大了不少。我如获至宝，赶紧蹲下就捡。一会儿就捡了几大捧，用衣裳包着，蹦蹦跳跳地回家了。没油，妈放点盐炒熟了，一咬咔啪一声，一咬咔啪一声，每个豌豆都响，很好玩，也很好吃。比吃"地脸皮"好多了，它毕竟是粮食。后来再也没吃过这种豌豆了。现在想起来，还回味无穷。什么时候再弄点儿豌豆，泡胀了，发芽了，用猪油炒了吃，一定更香。

虽然小时候过生日都很清贫，但我很高兴，这标志着自己在一年年长大，从不懂事、光吃不能干活的幼童，慢慢地能砍柴、推磨，能为父母减轻负担了。有人说，子女的生日是母亲的苦难日，在庆祝自己诞生日时，更要感恩母亲。因此，我讨厌那些随心所欲更改自己生日的人。

在部队过的第一个生日，连队还专门给我做了一碗鸡蛋炒米饭，心里面也是热乎乎的。

第三辑

军旅生涯

参 军

1969年春节，对于我们家来说是个不快乐的春节。

一家人，都愁眉不展、闷闷不乐，没有欢笑，没有鞭炮声。因为，正月初六，我就要离开父母，去祖国的大西北当兵。

父母想到16岁的儿子马上要离开自己，去几千里外戍边，心里火辣辣地疼，更担忧儿子的安全和命运，因此，整日忧心忡忡，偷偷流泪。弟弟妹妹们，天天盼着过年，但得知哥哥过完年就要走了，也都快快不乐，不闹着要吃要喝了。

我自己更是忐忑不安。回想1968年冬，征兵开始，大队支书到家做工作，我和哥哥中的一人要去当兵。父亲有些不情愿，毕竟，兄弟俩都是男劳力了。山区农村没有男劳力不行，会被人瞧不起。过去我们小，家大口阔，现在我们大了，该要走出困境了，可以得力了，却要去一个当兵，自然有些舍不得。但是，当晚，还是开了家庭会。说起共产党和毛主席的好处，还是要响应号召，报答政府。兄弟俩，谁去？大哥一天挣九分，我挣六分，年龄小、个头小，在家也不顶个大人用。权衡之后，确定我去报名。谁知道，体检时关关过，都合格。腊月十九就收到入伍通知书了，木已成舟。这是我走的第一条理由，必须走。第二条理由，我在家只是半个劳力，走了对家庭收入影响小，可以走。第三条理由，兄弟俩在家里总是针尖对麦芒，最好走一个。第四条理由，到部队可以吃饱，情愿走。

走吧！服役四年满了，回来就挣十个工分了。我的发小、同学也给我出主意：尽了义务就回来啊！

但是，说走也难，其难有三。一是当兵就可能上战场打仗，打仗就可能回不来了，后果难料。人不身临其境是体会不到的。在县城，我们换了军装，当晚，看了两场打仗的电影，天亮一查人数，跑了一个，撇下了军装。我们刚到部队，3月2日，就跟苏联在珍宝岛开战了。10月份在新疆中苏边境又打起来了。我们都剃了头，把要紧的物品、照片底板都寄回家了。那一个月都是抱枪和衣而眠。二是当兵耽误事。耽误娶媳妇、成家立业，耽误照顾父母，耽误给家里挣工分。在家等着，还有被招工的机会。那个年代，当兵都是尽义务。也有聪明的，都合格了，不尽义务的，因为没有谁想通过当兵升官发财。至于后来有人后悔没当兵，是见别人当兵了生活得不错。三是部队有铁的纪律，军法无情，万一触犯了，不得了。在部队没有在家舒服自由。

离走的时间越近，我就越焦虑，面临近乎生死的选择，决心难下，心里七上八下的。马上初六了，也容不得再想。父母的养育之恩没报，还有很多话要跟父母说。以后也不能帮父母做活路了，唯一的办法就是抓紧时间现在多做点儿，我也想给家里多留点儿念想，所以过年一直低头做活路。初一，跟父亲冒着大雪，把阳坡一棵死核桃树锯回来，做碓窝。没有工具，用火烧，烧一层，挖一层。编灶屋的笆遮子时，我把手划破了，走时还没好。我知道，靠这几天不能报答父母的养育之恩，只有暗下决心，今后多孝敬他们。

初六早上，要走了。父母和弟弟妹妹哭成一片，我从来没见过父亲哭，更没有见过他捶胸顿足地哭，他想得多，我明白。初五晚上，叔父也哭了一夜，我听得清清的。

左邻右舍也出来相送，之前，他们有的接我吃饭，有的含泪给我剪指甲。他们说，看着长大的，一下子走这么远，心里都过不得。这会儿，有的给我送钱，有的送全国粮票，还有的送烟。送行的队伍也越来越长，此情此景，我终生难忘。

　　这一走，我就在部队待了 24 年，其中在边防部队 22 年。我虽然多次放弃升迁的机会，但最终没能实现尽了义务就回来的计划。

　　俗话说，儿行千里母担忧。父母在世时，时常牵挂我，我的衣物、我做的碓窝、我使用过的工具，都能使父母睹物思人，大哭一场，甚至病倒。父母双亲去世时，我都还在边防部队，来不及赶回去给他们送终。远！他们临终也没见我一面，这是我人生最大的遗憾。而参军，却是我一生中最值得自豪的事，同时，我庆幸当初的选择。

包饺子

每次吃饺子,我就会想起到部队后吃的第一顿饺子。

吃完早饭,老兵们就开始张罗,先是到炊事班,领回饺子馅和面粉。然后,把脸盆洗三遍,擦干净,和面。把活动床腾出一张,洗干净,铺上报纸,准备在上面擀面皮和放饺子。没擀面棍,就用手榴弹代替。他们先把面搓成核桃般粗细的面棍,然后,再揪成核桃般大小的面疙瘩,用手掌按成小饼,两个人用手榴弹炸人的部分,把小饼擀薄。四个人包。老兵们轻车熟路,忙得不亦乐乎,可我们新兵光看着,插不上手,急得坐立不安。老兵喊着包饺子,可我们也不会呀!在家都是吃现成的。家乡类似的面食叫扁食或叫包面,也不是这样包的,我从来没见过,所以还站在原地不动。有老兵"激将"了,说:"不包,到时候别吃啊!"这话不中听,新战友正想家呢!不吃就不吃!有几个新兵就出门,到草原上想家去了。有老兵冲着我,又冲着水桶,努努嘴。我提着水桶到炊事班,也把水桶洗三遍,然后,提一桶水回来。班长说:"往你脸盆里倒一小半,剩下的放到炉子上烧开。"我看老兵接纳我了,心里也踏实了。吃不吃无所谓,别当笨蛋,别闲着。我凑到老兵堆里,看我还能干点儿什么。啊,把面疙瘩按成小面饼,这还不会吗?我也取枚手榴弹,把盖儿拧紧了,擦干净,用手榴弹的屁股,往面疙瘩上一按,就是个圆饼,比他们手按得圆。老兵高兴地说:"在手榴弹屁股上沾点儿面粉,这就更利索。"于是我像盖章一样,见着面疙瘩就是一按,然后推给擀面皮的老兵。流水作业,有意思。

饺子包好了,水也烧开了,开始煮饺子,一次煮不完,还要给跑了的新兵留呢!

啊!我脸盆的水,是"点水"用的。

水开了三遍,饺子就煮熟了。老兵给我盛了一碗。原来在家,我是不吃馅的,只吃皮,把馅拨给妈了。这会儿,谁替我吃馅?我只好连皮带馅咽下去了。不过,吃得也香。不是饺子香,而是心理满足,我为了这顿饭,出了力,没有吃现成的,吃得心安理得。

其实,这是部队的适应性训练,野战部队走南闯北,要适应各种气候和饮食习惯。所以,北方人到南方当兵,南方人到北方当兵,我们部队都是湖北以南的兵。军人不仅要能吃各地面食,还要会做,比如饺子、煎饼。野营拉练时,行军锅只能做米饭,我们就用人手一个的军用小钢锹做煎饼,自己煎的够自己吃,改善了伙食。不过,后来挨了上级批评,小钢锹钢火好,是用来在执行近迫作业时挖掩体和散兵坑的,也能砍树。用小钢锹煎饼,锹会退钢火。1969 年冬,接来的新兵是湖南的,他们不吃馒头,见了羊肉就吐。为了照顾他们,老兵们不吃大米,只吃面粉和粗粮,把大米省给他们吃。可老兵也是吃大米长大的,何况,北方大米配比才 20%,老兵不吃,也满足不了他们。再说,在少数民族地区,买不到猪肉,只有羊肉。后来经过做思想工作和锻炼,新兵们慢慢地都能吃馒头和羊肉了。

许多年之后,我都忘不了这顿饺子。虽然,赌气的新兵都吃了饺子,"激将"的老兵也挨了批评,但我心里仍不是滋味。不会干的,就老老实实地虚心学习,别不好意思。人都是先当孙子，后当爷爷的，先当学生，后当老师的。赌气或倔有什么用？无论做什么，都要自身硬才行。跟不上人，就会被人瞧不起。无论做什么，要做就做最好。

  我当干部了，当时还没有成家。因为每逢过年过节，干部食堂的炊事员也要歇 3 天，所以这 3 天年假，单身干部还是要自己包饺子，吃 3 天。我持续了这种日子 5 年。所以，当过兵的人，除了组织纪律观念强、敢打能拼外，还会做饭洗衣服，也会带娃娃，因为他们能耐住寂寞，有耐心。而包饺子只是小菜一碟。

带新兵

由于形势需要，1969年下半年又征兵了。新战友10月份就到连队了。都是南方兵，连队给我分了14个，叫我当班长，带领他们。

我见他们的年龄少数比我小，多数比我大。我咬着牙，没敢吭声，"压力山大"，我知道是领导信任我，可我也才当兵8个月，当副班长才4个月，我还算新兵呢！那么多老兵，干吗不用？这不是赶鸭子上架，逼兔子咬人吗？心里想，嘴上不敢说。很明显，领导是要培养我，锻炼我。我若不干，就是拒绝培养和锻炼。再说，这肯定是支委会定的，哪能说改就改呀？我只能咬着牙，把活接着。我宁肯脱皮掉肉，也要完成任务，不辜负领导的期望。

虽然，连首长亲自教授带兵的原则和经验，老班长们也主动帮助指导，可活儿还得自己干哪！

真难哟！我一个不满18岁的人，时时处处，要像大哥一样，照顾新战友的生活，还要以身作则，事事在前。为了训练新兵，连队三天两头在夜间搞紧急集合。3分钟内摸黑穿好衣服，打好背包，挂上子弹袋、手榴弹袋、水壶、挎包，背上背包，提着枪，到指定地点集合。我必须先于新战友，在门口等他们，要全班到齐，才能整队带到连队集合地点。我那个急呀！有时不得不返回屋里，帮动作慢的新战友。

北方冬季，烧煤取暖，炉子是自己用土坯砌的。到了晚上，新战友比我还累，倒头就睡。可我不能睡，潜意识里知道，一是别中煤毒，二是别让炉子熄了，冻着新战友。所以，要等他们睡着了，我要加点儿煤，再检查一遍，才能睡。每天晚上，要起来两到三次，给新战友盖被子，给炉子加煤，嗅嗅是否有煤烟味。生物钟服从责任心，我都是到时候就醒了。

白天要进行队列训练。我要做示范，要喊口令，纠正动作。尤其是单兵技术和班以下战术训练就更累了。满草原"冲啊！""杀啊！"每天一身土，嗓子也喊哑了。真累呀！

部队里班长最累，他得时时处处以身作则，还要照顾全班。

有一次，指导员上政治课时，我见有指导员照护着队伍，就想歇歇。一松懈，就坐在队伍后面睡着了。指导员讲完课，我还不醒。指导员也不批评，走过来，把我叫醒。我睡眼惺忪地整理队伍，向指导员敬礼，然后把部队带回。我心想，指导员看我年龄小，担子重，不忍心批评。可我自己要自觉，下不为例。

带兵身体累，心理更累。

首先，要想法叫新兵把饭吃饱。刚开始，新兵不吃面食，光吃大米。老兵只吃粗粮和面粉，把大米省给新战友。可北方，大米配比才20%，还是不够。少数民族地区，也只能买到羊肉，可新战友，见了羊肉就吐。看着他们一个个都瘦了，我就不忍心按计划训练，训练滞后了。这兵能打仗吗？咋办？指导员上大课，做思想工作，劝他们要为革命多吃饭，但收效甚微。

我知道，爱兵是带兵的前提，带兵就要先爱兵，怎么爱？什么是爱？像这样，新兵想吃啥，就尽量满足他，这是溺爱，就不能完成祖国和人民赋予的使命。吃饭时，我就盯着他们，见谁吃得少,操场上单个教练。以劳其筋骨之法,达到饿其体肤之目的。饿了,自然就能多吃。慢慢地,他们也摸到规律了。吃饭少了,就会被单个教练,他们就强迫自己多吃。3个月下来,个个都能吃一碗清汤羊肉,吃面食更不在话下。

能吃饱,只是适应了现有条件下的生活。要成为真正的军人,还有很多工作要做。

首先,要他们遵守部队的条令、条例,遵守连队一日生活制度。我把这些规章制度,划分为禁止的、不准的、注意的三大类,明确告知新战友。违犯注意类,只提醒不批评。违犯不准类的要批评。禁止类是雷区,不能触碰。言下之意,有些规定还是可以偶尔非故意违犯的,这样一来,自由度大了,活动范围放宽了,使新战友,不至于过分拘谨。只要不触碰底线,就是安全的。执行起条令、条例来也自觉且心情舒畅。

其次,抓两头带中间。把表现好者树为标杆,号召大家学习,并鼓励、督促、保护他们的先进性。对表现差者给予更多的关注,鼓励其微小进步。对个别自甘落后,故意调皮捣蛋者,要想办法下力气先把他"摆平"。

再者,设身处地地关心新战友生活。我们都是过来人,有切身体会。在家靠父母,在部队就靠首长和战友。作为班长,我就要照顾他们的生活和病痛。承认他们的个体差异,允许第一次犯错,允许第一次做得不好。坚持严格要求,耐心说服的原则。婆婆嘴,豆腐心,不厌其烦,常唠叨,多提醒。动之以情,晓之以理。像兄长那样,带领他们完成各科目的训练内容。

3个月下来,我瘦了10多斤,但我得到了锻炼,憋出了能力,完成了任务。新战友们都被编入了老兵班,正式步入了他们的军旅生涯。两个月后,我又仓促地离开了他们。半个世纪过去了，现在我还能记得他们中多数人的相貌。和他们相处的 3 个月，我的眼睛就没有离开过他们，关注他们的胃口，怕他们吃得少；看他们的脸色和精神状态，怕他们身体不舒服；看他们的眼神，怕他们违犯纪律。他们是我带的第一批战友，我到现在有时候还很想念他们。

选拔赛

啪！啪！啪！随着枪声，军区空军射击比赛，正式开始了。

这是全军第三届运动会的选拔赛。参加比赛的运动员，都通过了师、军两级的选拔赛。这次比赛的前三名，将参加空军的选拔赛，然后组成空军代表队，参加全军第三届运动会。

我参加的是手枪速射项目，该项目规定：使用半身靶，距离50米，45秒内打完15发子弹，包括中间换一次弹匣的时间。

参赛的人员都是干部，年龄不限。

比赛用枪，就是自己的配枪。

成绩是先计上靶数，后计环数。

靶场设置在黄土高原，一条几十米深的大沟里，沟呈"L"字形。沟里没有树，没有草，没有一点儿绿色，更没有花。6月的天，天气闷热，一丝风也没有，叫人心里发毛。两侧沟沿上，插了很多红旗，又有部队人员值守，防止跳弹，防止群众接近。沟壁似刀切，像高墙。参加比赛的人，像是被关在集中营里，气氛严肃，使人紧张。我在2号位上，正前方却是3号靶，必须再转体，才能找到2号靶。这使我怒不可遏。

比赛开始，我在规定时间内，提前打完15发子弹，但是，只打中13发，创下历史最差纪录，只拿了个第七名，无缘参加全军运动会。那一刻，我的心情五味杂陈，有气恼，有羞愧，有失落，也有无尽的思考。对不起领导的信任，对不起消耗的子弹，对不起千载难逢可能"跳龙门"的机会。

之前，不论是训练，还是比赛，我基本是15发全中，偶尔也有"飞"一发的时候。25米胸环靶，我左右手都能打出9环以上的成绩。我自以为，打枪还是有天赋的。这次比赛前，我又对各项要领进一步做了归纳总结，有自己的经验，对弹着点的把控，有自己的体会，对扳机也做了调整（别人不会调或不知道调）。对自己枪的个性特点，我更是了如指掌。所以，对这次比赛，我信心十足，期待着能参加全军运动会。我觉得自己还有可能成为专职射击运动员，工作轻松，伙食又好。从小我就喜欢舞枪弄棒，这下可以遂心愿了。

正是这种患得患失、急于求成的心理，给自己增加了精神负担，导致"走麦城"。因为，手枪射击，是单手据枪，必须情绪稳定，心态好。来比赛前，有领导给我说，不要有负担，随便打，只当是玩一趟。我嘴上没说，心里想，这也太不负责任了，教唆别人家孩子不学好。我还指望借机"跳龙门"呢！我不听。其实，他的心是好的，话也对，可我当时年轻，理解不了。他说的是心态要放松，比赛还是要认真打。

要成功，除了靠主观能动性外，还要具备必要的客观条件，不是单靠一厢情愿就能实现的。所谓健儿须快马，快马须健儿，主客观条件要相辅相成才行。一个好的射击运动员，是子弹"喂"出来的。训练后期，临近比赛了，领导为了节约，把"文革"时期收缴的、零散的、无包装的、过期受潮的子弹拿给我们用。晒一天的子弹，下午打的时候，有的弹头出膛不到10米，就掉地上了，根本够不着靶。这在一定程度上影响了我们对弹着点的掌控。训练时间还短，还没有教练，单凭短时间自己训练，就想一步登天，"跳龙门"，显然是不现实的。

除了心理压力造成的紧张外,现场不冷静也增加了紧张情绪。进入赛场,环境不熟,天气闷热,气氛严肃,我就开始紧张。因为赛前我把扳机调得较软,在打出第一发后,由于紧张又触碰到扳机,接着打出第二发,像打了个连发。我意识到这第二发肯定"飞"了,又加剧了紧张。祸不单行,我换了弹匣(赛场配发的)后,第十发卡壳,耽误了时间,排除故障后,后面就更慌了。

虽然无缘全军运动会,也没当上运动员。但是,明白了"滴水石穿,非一日之功"的道理。我还要好好锻炼,提高心理素质和应变能力。人生有追求、有目标是对的,但客观条件也不可忽视,也不能以一时一事的得失论成败。七十二行,行行出状元。因此,我只要振作精神,踏踏实实做好本职工作,也是大有可为的。

技压当行人

一日，下连队办事，途经训练场，警卫排在进行刺杀训练。突听排长喊道："全体注意。"我也条件反射，止住了脚步。又见他向我跑来，敬礼，报告："本排正在进行刺杀训练，请指示。"我心里正嘀咕呢，便急忙回复道："继续训练。"他接着又来一句："请指导！"我挥挥手，继续往前走，要去办我的事。事出反常必有妖。

我边走边想：我是路过训练场，不是专门进入训练场。我职务虽比他高，但也没有隶属关系。按《内务条令》规定，他可以如此，也可以不必理睬我。他这是跟我叫板呢！为什么？我正想着，练对刺的护具和木枪就递上来了。接不接？不接就直接算认输。接了胜负难说，应该只有五成的把握。一是因为当干部以后很少练了；二是因为最近身体也不好，上火，总是头痛，晚上休息不好，体重只有108斤。这是我成年之后体重最轻的时候。

警卫排长却很壮实，大脸盘子，国字脸，膀大腰圆，"高度"与我差不多，但"宽度"能顶我两个。他为什么要跟我叫板？我还没想明白呢！无怨无仇的。看来今儿是想摸我深浅的。我俩都是从不同的部队调过来的，不是"土生土长"，彼此确实不了解。我想既然这样，就接招吧！这是单兵五项技能之一，以前我输少胜多，今天跟他拼一把，别让人瞧不起。我接过护具，披挂起来，好像尺码有点儿大，尤其是"面罩"戴着晃荡，凑合吧！披挂完了，我从战士手中接过木枪。喊道："来吧！"可这时排长直摆手说："我不行，我不行！"说着拉过一个战士来，说："他是我们排最厉害的，你给我们示范示范。"我就火了，心想：你不服你上啊！你还喊个人替你。我就想甩枪走人。又一想：走了也算输，30多个战士已围成一圈，我可别失态。他年龄比我大，可我已是正连职，不能让战士们说闲话。

这招好毒啊！我平复了一下心态。再看我对面的战士，虽叫不上名字，但很面熟，三年前就见过他，他是老兵啦！胖瘦与我差不多，个子好像比我高些，一张脸黑红黑红的，一双小而明亮的眼睛正看着我呢！我俩都已经是"预备用枪"的姿势。我说："开始吧。"我俩同时把"面具脸"拉下来。他的枪便刺过来了，我接住他的枪，前腿蹬后腿蹬，身体整体向前平移一大步，同时手中的枪以粘、挤、刺三力同时作用在他枪上，直接进枪了。他拨不动我的枪，便连忙后退，我疾步跟进，又连刺两枪，把他刺倒在地。他站起来，直喊："你好大劲哪！我拨不开你的枪。"我回头看了排长一眼，他正冲我竖起大拇指，嘴里喊道："你行，你行！"我没理他，只对战士们说："以后按我这样的练。"意思是说，你们排长训练的不行。

有生以来，被人摸了深浅，试了轻重，心里总觉得不舒服。好在没有被人看轻，好在有过去的"老底子"，好在过去学什么都认真，爱动脑，也爱向同行请教，要不然真就"涮坛子"了。当初，刺杀训练的时候，我是严格按照教员的要求，正确掌握要领，不怕苦和累，刻苦练习。我很重视刺杀训练，这是短兵相接、刺刀见红的功夫，躲不了，等不得。你不把刺刀插入敌人的身体里，敌人就给你捅个血窟窿。必须一招制敌，要的是快而有效，所以我也动了不少脑子。小时候看过小说《烈火金钢》，见识了史更新、丁尚武、肖飞等英雄群体的功夫。我最佩服史更新，因为丁尚武"蛮"，肖飞"活"。他俩的优势，史更新都有，还是"领导"，很潇洒。他拼刺刀厉害，尤其是跟"猪头小队长"过招，每次都胜一筹。我在掌握刺杀基本要领之后，除了多练习，就是想找更有效的方法。为了找到更有效的方法，没少被老兵刺。在"突刺""防刺""骗刺"方面都有自己的体会和"小动作"。

在"突刺"时，在保证"预备用枪"姿势不变的情况下，重心偏后，前蹚后蹬，以蹚步使身体快速向前平移。同时抱紧枪，枪与身体形成一个整体，枪是身体的延伸，以身带枪。粘住对方的枪，挤、按、刺同时作用，进身与进枪并举，对方不可能拨得动。因为我是整体向前直线运动，对方"横向拨枪"，或"磕枪"，那点儿力，微不足道。此时的要点是要始终"粘"住对方的枪，不让他抽枪、不让他抽身、不让他脱离，更不容许他转到侧面来，始终霸占其正面中线。否则，就有可能使自己陷入被动。相应地，步法也做了小的改动。

"骗刺""防刺"的进枪路线，都有小的变化，以"快"为目的。

我学其他东西时，也是这样，开始时比别人"教条"，把原理弄明白后，就会"灵活"了。比如手枪射击，我改"抠"扳机为"握"扳机，减少了手枪晃动，提高了命中率。我曾在50米开外用手枪打死过狗子，打死过麂子，还参加过全军运动会手枪速射项目的选拔赛。我学开车也总在琢磨，如何把握4个轮子的位置，时间长了就有了自己的感觉和体会，能轻松自如地打"擦边球"。在部队时"走铁轨"是我的长项。古稀之年，我开着1.5L排量、5万元的车，跑川藏线318国道，在上"怒江七十二拐"、上"业拉山九十九道拐"、下"天路十八弯"时都能轻易连续超车。

"同行是冤家,相看两生厌。"同行的商人有利益冲突。其他同行也要分个高下,诸葛亮骂死王朗,气死周瑜。都说明要"技压当行人",我不压同行,同行便压我。技不如同行,只能甘拜下风,可能没了朋友,甚至丢掉饭碗。所以,无论在何种情况下,都要保持自己的独特技能或优势。当然也要注意与领导和同事的关系,避免因过于突出而遭打压。

福有双至

对越自卫反击战结束之后，1979年4月初的一天早操时，参谋长通知我说："回去准备准备，到石家庄步校（当时全称为'石家庄高级步兵学校'）学习半年，就你一个人去，5天内到步校报到。"

我回答"是"之后，已是喜不自禁了。我自小爱动，不爱静，这下遂我心愿了。再说，学习机会难得呀！那个时候，步校还不是真正意义上的军校，都是在职干部培训班。供我们这些亟须学习、亟须提高的干部，急用先学。我憧憬着到步校后，要好好地学习。通过较系统的学习、训练，半年能够基本掌握步兵的全套技术和战术，也就是我们空军所说的"共同科目"。因为只有我一个人去学习，所以学成之后就是这方面的"行家里手""稀有人才"了，所在部队"共同科目"的训练工作，就非我莫属了。我憧憬着，盘算着，越想越高兴。两腿还不停地奔走着，做出发的准备工作。

先开了"通行证""行政介绍信""供给介绍信"，借了200元差旅费。去组织部门开"组织介绍信"时，遇到主管干部调配的副主任。他说："你当财务股长的命令就要到了，还去步校学习，不是所学非所用吗？"我一愣，还有这事？完全出乎意料。

他一边说着，一边就去找政委，我随其后。他向政委表达了他的意见。政委看了看我，未置可否。副主任认为，政委默认了他的意见。可我从政委的眼神里分明看到，如果我要求先去步校学习，政委会答应的。何况担任财务股长的命令还没到。

事情来得突然，始料未及。

我没有来得及多想，只是觉得副主任的那句"所学非所用"，是个实话，有一定道理。因为，学习指标就一个，我学了又改做其他工作，不利于部队的训练工作。换一个同志去，对大局是有利的。如果我还要求去学习，自己倒先觉得"理亏"了。这也是基本觉悟使然。

可是，我还是很想去学习，毕竟机会难得。

当财务股长也是因为领导的信任与认可。与我同年入伍的战友都还是连、排职。现任财务股长是 1953 年入伍的老兵，军龄与我年龄差不多。其他部队同级干部也都在 40 岁以上。我在正连位置上还不到一年，现在又升到副营，当时才 27 岁。这是领导的知遇之恩，当涌泉相报。我虽无涌泉，但也要替领导着想，政委那体恤的眼神，我也忘不了。不能再给领导添麻烦，不能把好事都占着，福有双至也只能取其一。应该以大局为重，不能只考虑自己。这也是体谅领导，报答领导的知遇之恩。

也罢，把学习的机会让给其他同志吧！

事实上，在后来的工作中，团长、政委都很支持我，下发的管理性文件，团长字斟句酌，亲自把关。还帮助我对人员、管理制度做了较大调整。

团长是打过鬼子的小八路，政委是中华人民共和国成立前的"地下党"，他们对营、团干部要求非常严，我见过他们曾把副团长训得掉泪，却对我们年轻人身传口授，很是耐心。何以如此？是他们对年轻干部的关心和培养，是老一辈要把我军的光荣传统，交由年轻一代传承，是老同志对新同志的传帮带。我从他们身上学到了很多做人、做事的道理。

他们是我生命中的贵人，我没齿难忘。

按规定办

10月30日，一干部来办转业离队的手续，领取转业安家费，转移工资介绍信，他还想一并领取下个月的工资。因为，他所在地区有艰苦地区补助，比其他地区高50%，比他转业到达的地区会更高些。20世纪70年代，多出几十元钱，人们还是看得上眼的。我说："对不起，不能发，规定是当月1至5日发工资，今天才30日。"他有些不悦，说："不就只差一天吗？"我说："是只差一天，如果给你发了，29日有个同志来领下月工资，跟你只差一天，发不发？28日又来一个，要求发下月工资，与29日也只差一天，发不发？以此类推下去，到什么时候才能不发呢？何时是个头？标准制度就毫无约束力了，应该要防止出现连锁反应。"

我的前任，就是在这些问题上得罪了不少人。我见他常做好人，掌握标准很灵活。结果，口子越开越大，收不住底，刹不住车了，只好来个"紧急制动"，就把人得罪了。人家说："你能给他办，为什么不能给我办？"他解释不清，有时会把"皮球"踢给我。一是因为我在军区专门学习了半年，两本《财务标准制度汇编》，一条一条学，一条一条理解，一条一条掌握。不能说倒背如流吧，但什么标准在哪一页哪一行，还是能直接找到的。二是他把"皮球"踢给我后，倒也尊重我的处理意见，他自己躲清闲去了。反正，我也认为自己年轻，多干点活儿是应该的。

他离职之后，我接他的班。我就掌握一条原则。按规定办，一视同仁。因为我们这一级部门是决审单位。我们支出的各项经费，上级是不再审查的。所以，我们必须要向军区负责，不能随便"灵活"，要严格遵守各项标准制度。

过去，我们这里，财权分散，各部门的经费统筹不起来，各有各的钱，各自为政，超支了没人管，"一支笔"审批成为空话。首长下部队，都可以答应部队的要求，批准开支经费，造成经费严重超支，影响到部队的正常生活保障。我的前任焦头烂额，可扭转不了局面。军区批评，部队也有意见。这都是他做"好人"，未严格执行规章制度，疏于管理造成的。

我接手后，向党委写了专题报告，言明目前存在的问题及危害，提出了解决的方案。党委原文转发了我的报告。我还利用墙报、黑板报宣传经费预算和财务管理制度，争取各部门的配合与支持。预算经费管理，严格贯彻"统一管理，分级负责"的原则。年度预算由党委审批发专题文件。各部门的经费纳入党委管理，各部门分工负责。在不超支的情况下，确保各项事业任务的完成。特殊开支由分管首长负责审批，并向党委负责。很快，超支得到扼制，钱花到了刀刃上，提高了经费保障使用效益。我们主管部门也好做事了。

我们有个副政委，带着老婆回四川探亲，却绕道北京，到武汉，又从武汉逆水行舟到重庆。核销时，助理员不好办，问我，我说按规定来，算一下，经兰州方向到他家，需要多少车船费，多出的部分不予核销。助理员核算后，告诉我。我一看费用的大部分不能核销，好几百块呢！20世纪80年代这是一笔不小的费用。我也有些犹豫。他是领导，要给他面子，但领导大不过标准制度。也怕引起连锁反应，其他首长也去转一圈咋办？咬咬牙，还是按规定办。他气得把他们家门前好大一棵葡萄树砍了。葡萄树是他们自己栽的，一年能结不少葡萄。他的树他想砍就砍呗！

按规定办，一视同仁，公平公正，大家没有意见，省去了很多麻烦。因为，标准制度本身很合理、很严谨。我们不能随意变通，只能严格遵守执行。否则就会弄出乱子来。有些标准制度规定得有个范围，在这个范围内是应该灵活掌握的，但要一视同仁，否则也会给自己招来是非。

总之，还是按规定办靠谱。

吃水难

一个单位,要打一口100多米深的水井,用两米长的水管,一根接一根连接起来,再装上深井泵,才能把水抽出地面。还要建一个泵房,配一个手动葫芦。这是上级一次性投入,不能说不重视。但维修的费用,要由我们自己筹措。又无专业管理人员,维修管理费用要挤占其他经费。

深井泵坏了,单位干部和我们就成了"热锅上的蚂蚁",急得团团转。深井泵在水管的末端,要想拿到深井泵,必先把水管一根一根卸下来,再把水管一根一根拿出来,才能拿到深井泵。所以,要从战勤班抽几个战士,用手动葫芦,把水管往上拉。受水泵房的高度和葫芦的高度限制,每次只能卸一根两米长的水管。先把第一根水管用管夹夹住,与手动葫芦连接,拉手动葫芦铁链,呼噜,呼噜,呼噜,水管一厘米一厘米地被拉上来。战士们性急,换班快速拉动铁链,但两米的水管拉上来也要七八分钟。然后,把第二根管子用卡子固定在井口上,卸掉第一根管子上的4个连接螺丝,才能拿下来第一根。然后再拉第二根,再卸螺丝,再拉第三根,如此重复。战士们三班倒,要是赶上冬天,零下十几摄氏度或零下二十几摄氏度,战士们就惨了,水管子带上来的水,洒在身上,马上就结了冰,衣服前襟上挂的都是冰凌子,手冻得像馒头,机油和水混合在一起,弄得满身满脸都是。

眼睫毛也会结冰，导致视物不清。操作时手上要快，但心里要不急不躁，不能出任何差错。特别是不能把水管掉入井中，否则，花十几万元打的井就废了。

这种操作需要连续加班十几个小时，才能拿到损坏的深井泵。再把修好的深井泵装回去，逆操作又需要十几个小时。这段时间基层单位就没有水了。且不计算修水泵的时间。在他们卸管子的同时，我们带一台修好的深井泵，连夜驱车往基层单位送，还要给他们带些饮用水。再把坏水泵拉回来，修好再做备份。下次再用，或其他单位也要用。

这种情况，一个单位一年要发生一到两起。十几个有深井的单位，加起来就多了。在我的印象中，就像是老在救火，风尘仆仆的。

有的单位根本打不出水来，只能到十几公里外去拉水。用两个200升的大油桶，装到架子车上，派两个战士，负责拉水，一天只能拉两趟，累得贼死，下午还要换人拉，也只能保证做饭和饮用。早上洗脸水要放到晚上用来洗脚，洗脚水再用来浇树。原兰州军区皮定均司令员，到这个单位视察时，发现这是个问题。到底是老革命，他非常体恤基层官兵，就给了两头毛驴。用毛驴每日拉水，不用占用部队人员，也省了不少力气。

有的单位有水，但是，水特别苦。种出来的萝卜蛮大，也很苦，用来喂猪，猪都不吃。这些单位也想拉水吃，但是没有毛驴，靠人拉，拉不了。只能吃苦水，但水里含氟量大，吃多了会影响身体健康，人员只能定期换防。

在大西北，吃水是第一大难题，但这难不倒广大指战员，他们仍然日日夜夜守卫着祖国的边疆，坚守在各自的工作岗位上。

吃菜难

由于缺水，无地，无法种菜，战士们吃的菜需要到距离420公里至720公里的地方采购，汽车单趟要跑两到三天。蔬菜拉到目的地，上面的晒干了，下面的捂烂了，能吃的不到一半。绿叶蔬菜更不敢多买。虽然上级根据这种情况，给予了蔬菜损失的补贴，但是，蔬菜大老远拉回来，吃一半扔一半，钱能补回来，菜补不回来呀！战士们一年四季吃不上新鲜蔬菜，从头年的10月份到第二年的5月份，只能吃储存的土豆、洋葱、萝卜这老三样。

我们下部队，会用北京212吉普车给部队送些蔬菜，要不然，他们没菜吃。他们只能拿各种罐头款待我们，肉罐头、鱼罐头，水果罐头也上来了。就着水果罐头喝酒，别有一番滋味。

为了让战士们吃上新鲜蔬菜，我们想了不少办法，费了不少劲。首先想到的，就是建塑料大棚。春节一过，一个单位，给一吨水泥，就地取材，弄点沙子，在戈壁滩上搞点粗沙，做成10厘米厚、20厘米宽、30厘米长的低标号的混凝土砖，然后在沙漠里挖一个60厘米深、240厘米宽、10米长的坑。在坑内侧，砌一圈混凝土砖，以挡住往下溜的沙子。间隔1米，安装上我们专门制作的拱形棚杆，蒙上塑料薄膜，用木条自下而上压两道，再配上草帘子。大棚就建成了。下一步就是解决"土地"的问题。先去捡一些羊粪、骆驼粪，最好是羊粪，与沙子掺和起来，铺10厘米厚，浇上水，大棚封闭捂一个多月，使羊粪发酵。然后间隔25厘米，挖小沟，浇透水，撒上小白菜籽，上面再撒少量沙子。避免太阳直射，暴晒。生上火炉，把棚内温度，控制在15℃左右，保持一定的湿度。沙漠里昼夜温差大，白天天气好，须把草帘子掀开，晚上温度低，再把草帘子盖上。3到5天，小白菜籽就发芽出苗了。然后把棚内温度调到20℃左右，保持湿润，不能干死了，也不能淹死了。1个月左右就可以采收了。小白菜一年四季可种，对土质要求不高，松散透气就行。但因为成本高，种植面积小，人又多，只能烧些菜汤喝。不管怎么样，总是吃上了新鲜的绿叶蔬菜，战士们很高兴，但也不满足于只吃小白菜。

  司务长每次到菜农地里买菜时，会向菜农要几袋子土拉回来，与棚里的沙子掺和到一起，试着种西红柿和黄瓜。战士们也找来破脸盆、破桶、茶缸等，搞点儿司务长拉回来的土，浇上水，把种子一颗一颗摆放在容器里，再洒上薄薄的一层沙子。就在自己宿舍里呵护着，等待种子发芽的日子。一般5天左右就发芽了，西红柿会更快些。十天半个月就长叶子了，再稍大一点儿，趁天气好就可以往大棚里移栽了。战士们都像呵护婴儿一样，争相照护自己的几棵幼苗。功夫不负有心人。谁的幼苗开花了，谁的挂果了，都欢呼雀跃，显摆一阵子。的确，在茫茫的、荒凉的大沙漠里，制造出了绿色，种出了西红柿和黄瓜，那种成就感是无法形容的，怎么显摆也不为过。有的战士等不到单位统一采摘，情不自禁地偷吃"禁果"，领导却装着没看见。也难怪，战士们自从参军，进到沙漠里，几年了，极少吃上水灵灵的蔬菜。

  老天无眼，风沙肆虐，没等大家的高兴劲儿过去，当年建的大棚，就被大风吹得千疮百孔。秋天季风过后，就只剩"骨头架子"了。

我们只好再自筹经费，建永久性的温室。把护墙加高到一米，用 50 毫米×40 毫米的扁管，做成弧形骨架，焊上 30 毫米×30 毫米的角钢，铺上 5 毫米厚的玻璃，用混凝土把玻璃四周接缝填实。看起来，很结实了，但无孔不入的风，从门口吹进来，能从里面把玻璃鼓起来，再吹去很远，摔得粉碎。

我们一方面要求基层干部呵护好温室，另一方面不断地补充玻璃。连队也把责任落实到人，要求及时关闭温室大门，搞一些小型的单向的活风门，万一进风，可以从单向活风门放出去，免得吹飞玻璃。战士们越挫越勇。真的是"与天奋斗，其乐无穷"！温室终于成了部队永久性的设施，连队的菜也越种越好，很好地改善了连队的生活。我也被军区评为先进个人。

看病难

按说战士们都是小伙子,除了伤风感冒,也没有什么大病。即使怀疑自己有什么大病,也可以到机关来检查治疗。看病应该不难。但是,天有不测风云,人有旦夕祸福。长年累月生活、工作在大沙漠深处,鲜有植被,气候干燥,一年四季与沙尘暴相伴,吃不上新鲜蔬菜,很难保证身体不会出现个意外。如果谁有个急病,那可把上上下下、方方面面的人给急死了。

20世纪80年代中期,某一天,一个干部出完早操就流鼻血,止不住。连队的干部战士来自五湖四海,各种止流鼻血的办法都用了,就是止不住,连队卫生员也没招儿。过了一会儿,人就流迷糊了。连队报上来,我们都被叫到指挥室。那个时候没有手机,也没有有线电话,只有内部电台,多是军事用语,生活用语少,详细情况报不上来,只说血止不住。我们一帮人,像热锅上的蚂蚁,坐立不安。关键是情况不明,如隔靴搔痒,我们帮不上忙,用不上劲。那叫一个急呀!他们连队离机关还有720公里,派车去,至少也要20多个小时才能赶到。等赶到了血还不流干啦?没有办法,那也要往那里赶,死马当作活马医吧!派两个医生、两个司机,带足药品,开一台北京212吉普车,马不停蹄往那里赶。这边又请示军区,派直升机救人。可直升机第一次去,转了一圈,没有找到地方,又返回机场。因为部队在大漠深处,周围没有人烟,遍地黄沙,一个颜色,一片荒凉,刮起风来就天昏地暗,遮天蔽日,两人相隔10米,都看不到对方。直升机自然是找不到目标的。

直升机又把情况报告给所在部队,所在部队再报告给军区,军区再反馈给我们,我们再告诉连队,说直升机看不到目标,让他们多烧点东西,多制造一些烟火。可在沙漠深处,没草没树,能烧啥?连队只能自己想办法。终于,直升机降落了,把人拉到大医院去了。听说,医生弄个电烙铁,对着出血口"滋溜"一家伙,血就止住了。真是"难者不会,会者不难"。不管咋说,我们的心总算放到肚子里了。这一天担惊受怕的,总算结束了。

自此事之后,我们就要求机关的医生,轮流地到边远单位任职。希望他们在遇到紧急情况时,会比卫生员的办法多一些。可是,也有问题,刚毕业的医生,到连队遇不到疑难杂症和危急重患者,没有实践经验,在学校学的东西容易忘,不愿去。年龄大一点儿的,家属随军,都在地方单位上班,有孩子的也有些走不开。我只能给他们做工作,要为部队建设着想,要为官兵服务。那时候的人,也不用多说,回家安排一下就去了。当然,我们也尽量安排年轻的医生去,也适当安排年轻医生进修。同时,增加连队药品储备,各种药品都储备一些,配些必要的医疗器械。经常检查药品的有效期,适时更换,这也造成一些浪费。卫生事业费也是包干经费,超支不补,结余归己,但没有什么结余,像我们这样的部队,极度分散,每个基层单位,都是麻雀虽小,五脏俱全,且不能相互调剂,常用药品都要配备齐全。所以,每年的卫生事业费都超支。为了保证正常的药品需要,每年在编制年度经费预算时,都要从预算外收入中抽出一些经费,用以补贴卫生事业费。卫生队也积极组织一些医疗活动增加收入,以弥补当年经费的不足。

一想起那些年，心里不由得一阵酸楚。

在那里我们度过了青春年华，像沙漠里的红柳一样，置身于狂风肆虐、干旱的沙丘上，为了存活，拼命地吸收沙漠里仅有的养分，与盐碱搏斗，与风沙较量，度过了一年又一年的艰难岁月。我为红柳点赞，一身傲骨情似火，品质犹胜寒中梅。我们忠诚于党，忠诚于自己的职责，无怨无悔地坚守在自己的岗位上，克服着一个又一个困难，行进在保卫祖国的行列中。

无车不行

由我负责保障的单位，离我最近的几十公里，最远的720公里。他们需要的蔬菜、粮食、肉类、做饭煤、烤火煤，都要在我所在地附近采购，并用汽车运送到他们的驻地。我们的生活完全依赖于汽车运输，汽车是我们赖以生存的工具，没有汽车不行。

我印象最深的，也最让我头疼的，是每年的冬菜和烤火煤的运输。

大西北，从头年阳历10月份起，到第二年的5月份，这期间没有蔬菜。所以，10月份开始储存冬菜，并要在10月底前抢运完毕。否则下雪，就运不进去了。所有单位加起来，需要运输车数百台次，行驶总里程几十万公里。

我们只有几十台运输车，都是单位组建时配发的，而且还有一部分是旧车，至于这些车是哪年"出生"的，不得而知。这些老爷车，都跑了两到三个30万公里，大修过两到三次。多是"大鼻子老解放"，还有几台"急死"（吉斯牌汽车），两台"卡死"（嘎斯牌汽车）。跑将起来，除了喇叭不响，浑身都响，那种刺耳的噪声，真让人受不了。发动机没有不漏油的，还难以启动。悬挂系统磨损严重，大梁变形，行驶中不断晃动。驾驶室摇摇欲坠，有的没有车窗玻璃，有的玻璃升降机锈蚀不能用，冬天只好用纸板或衣服挡风。车座的人造革烂了，露出海绵，像是一朵花。有的变速杆也焊接过一到两次。叶子板的漆都完全掉了，铁皮锈蚀，用手指一捅就是一个洞，像千层饼，两个手指头能拧下一块铁皮。我们对这些破旧不堪、老态龙钟的"老爷车"，敝帚自珍，还要依靠它们保障生活物资运输。

每年我们都要到地方废品收购站，拆换地方报废车的大梁、发动机缸体和变速箱。

有一次，我坐一台"老解放"去某地办事，司机开着开着，变速杆断了，只剩下不到 10 厘米长的一个桩，这咋办？到能焊接的地方还有近 200 公里。只能我开车，司机坐在驾驶室底板上，换挡时，我踩离合，轰油门，他听我的指令，把变速杆使劲扳进所需挡位。因为变速杆断了，杠杆作用力小，很重的。我们就这样跑了近 200 公里。

靠这些老爷车，要完成所有单位的生活保障任务，真是太难了。

车破还缺少维修经费。按标准核准的维修经费，90%由上级供应实物，只下拨 10%的经费，用于购买小型配件。发到手的经费一年不到 2 万元，要维修 30 多台"老爷车"，是不可能的。发的实物有的配比不合适，你需要的他没有，发给你的可能暂时用不上，只好放在仓库里。

要完成运输任务，就要有足够的汽车配件，就要有一定的维修经费，所以，每年我们都要压缩其他包干经费，把其他包干经费扣减 10%，以弥补车辆维修费。平时还要组织一些回空运输收入，作为弥补。

冬运开始前，集中财力、物力维修保养车辆。8 月份开始，组织运送烤火煤。老司机停止休假，连长组织车辆，每天保证出发 10 台，在途中 10 台，维修保养 10 台。车辆需要维修，要向我报告。

烤火煤可以提前运送，冬菜就要等到 10 月份开始"抢"。土豆、大青叶、洋葱、胡萝卜 10 月份才有，关键是送早了存不住。所以，冬菜运送靠"抢"，兄弟部队、地方单位、居民也要储存冬菜，动作慢了就没有了。天气也不饶人，该下雪时它要下雪，该结冰时它便结冰，晚了就送不进去了。紧张的时候，我要盯住每台车，未经我同意，不准"偷懒"，不许"趴窝"。我亲自带队，亲自驾车，我会开车就是那个时候练的。那时候的车，车速低，在沙漠中最多能跑 40 千米/时。车的载重量也少，拉煤一次拉 3 吨，拉菜就更少了。单程 700 多公里跑一趟，往返要四五天，路不行，跑回来又"趴窝"两天。仅这一个单位，冬菜运送需 15 台次，烤火煤需运送 13 台次。一台车每天不停地跑，光运送冬菜、冬煤就得半年。

我们又从生产收入中，拿出来 5 万元，购买了两个挂车，试图解决跑一趟拉得少的问题。那个时候，真是穷啊！要有钱，多买几个挂车，也能减轻不少运输压力。

后来，上级配发一台东风 140 卡车，前挡风玻璃还是两块的。我们如获至宝，平时舍不得用，关键时刻救急才用。在我即将离开部队的时候，才配了 10 台一汽出的"新解放"，它比东风车便宜，但是，毕竟有效地改善了物资保障的运输条件。那个时候，我很羡慕武警部队有纯一色的东风车。

我在职期间，没摊上好车，天天为车操心。车对我们来说，就是命根子，没有它就吃不上、喝不上，没有车就寸步难行啊！

接工作组

军区空军后勤部工作组,要来我部现场办公。

上级命我去接,其实就是带路。但是,任务却很艰巨,工作组在兄弟部队的边防一线连队。我要接到他们,并陪同他们到我部几个边防连队现场办公。

我到指定的位置,单程最近也要1200多公里,其中900多公里是边防公路,路况很差,都是沙石路,经常被大风沙阻断或掩埋。还有60多公里便道,风沙常令其改道,这样往返全程就会达到3000公里。鉴于此,领导把我们部队最好的车派给我,就是一台三菱越野车。大家都管它叫"野猫",至于为什么叫"野猫",未有考证,不知所以。

我要先去我们的一连,看看他们的准备情况。因为工作组人多,后勤部各处的处长都来了,加上司机,有十几人。我们一个百余人的连队,接待这么多人,吃住都不好安排。加上连队处于沙漠深处,光是用水都很紧张,难以保证。没有蔬菜,没有副食。连队买一次菜,单程700多公里,用大车拉着,上面的晒干了,下面的捂烂了,到了连队就只剩下三分之一了。如果车中途坏了,就啥都没得吃了。那时的运输车都是"老解放",还是本部刚组建时配发的,大修两三次了,跑过几个30万公里了。那时候,除人员生活费外,其他经费都不同程度地被压缩。由于我们部队驻地高度分散，离不开汽车。车在不停地跑，路况又很差，车辆磨损严重。汽车配件消耗大，保障困难。那时候生活条件艰苦，气候环境恶劣，但我们不辱使命，年年都圆满地完成了各项战备任务。上级配发了新车，有效地改善了运输条件。这次，工作组现场办公，就是想把一点儿有限的经费，用到最最需要的地方。

跑了700多公里，我如期到达了一连，见他们已准备就绪。第二天我就按计划去兄弟部队接工作组。可刚跑了50多公里，发现"野猫"也坏了。发动机缸体漏水，针尖大个眼，一加油嗞嗞地向外喷防冻液，修不成。只好返回一连，换上他们的"老解放"运输车。沿边防公路跑了400多公里，晚上终于到了兄弟部队。我向部长报过到，确定了明天的出发时间，就回来帮着修"老解放"。晚上加班搞，10月份的天气，已经很冷了，见司机穿着两件单衣，躺在车底下，风嗖嗖的，我于心不忍，就叫他明天再搞，我明天去坐部长的车，反正是自己人，又是给他们带路的。

可是最大的问题来了，我把我的司机扔在了后面，我不仅担心他回来的安全，而且带路就靠我自己了，没个商量的，他路熟啊！我顺边防公路跑没问题。但是，拐向连队的60多公里，是连队自己修的便道，而且风沙常令便道改路线，很容易迷路。听说老司机有时也蒙。我也只去过该连两次，有司机开车，不用我操心记路。这回该我紧张了，跟着我的，都是副师以上的干部，而且年纪都不小。如果不能按计划把他们带到连队，而把他们甩到沙漠滩上，吃不上、喝不上不说，晚上也够呛，搞不好会死人的。再说，边防公路离境外也只有几公里，要是把方向搞错了，把他们领出国，我岂不成了叛徒。我一直盘算着，使劲搜索记忆。要保证在到达岔路口之前，把所有记忆中的地形地物，都复习清楚了。沙漠里没有树木，更没有建筑。我只记得有一个黑色大石头。

绞尽脑汁地想着、搜索着，部长问我话，我也是待搭不理的，反应极慢。眼睛始终在找岔路口。到了！叫司机右转，一行6台车，跟在后面都来了，我知道肩上的担子有多重。这时已是下午四五点钟了，天色灰暗，我聚精会神地找那个大石头，并盯着快降到地平线又不太明亮的太阳，引导车队向西南方向前进。首先保证，不要越过国境，然后眼睛不停地在沙漠戈壁上搜索记忆中的地物。这里虽处于巴丹吉林沙漠深处，可也间有戈壁，因为是条简易路，加之风沙大，司机们经常择路，跑出很多车辙来，我们只能朝车辙多、车辙深的地方跑。再看这广阔而凄凉的沙漠、戈壁滩，荒芜的旷野延伸到天际，没有生命的痕迹，只有浩渺沙海和死一般的寂静，这一目宏阔的悲壮，着实令人发怵，一股无名的悲哀袭上心来。夜幕降临，我们的车速也降下来了，看不到任何地面目标，只能看到深邃无比的天空和几颗孤星，只能摸索前进。其他车中的一位司机较心急，遂抛下我们，开车跑到前面去了。但他却围着连队营房转圈，没发现连队，直到被追上来的哨兵截住，方知我们已到了目的地。

大家洗漱，吃饭，一夜无话。第二天一早，工作组成员要看看连队的环境。连队营房四周都是沙漠，两米高的围墙，虽然连队经常清理，但也被沙子埋了一半，四个墙角各有一个地堡。营房就像是在沙坑里，这也正是昨天晚上，到了营房跟前，还看不到营房的缘故。眼望四周，都是看不到尽头的黄沙，没有人烟，没有其他色彩，满目荒野，一派悲凉的景象。有几个处长，此时已流下了眼泪，我也为他们能体谅基层官兵的疾苦而感动。

工作组吃了早饭，要开座谈会。部长先叫连队干部摆困难提要求，然后叫处长们表态怎么解决。处长们都很激动，说把自己工资拿出来都行,也要把连队的要求办到,所以没打任何折扣,连队提的所有问题都一一解决了,还给连队配发一台东风 141 牵引车。因为涉及装备的编制问题,他们的确没有能力解决运输车不足的问题。

处长们激动的心情未平,他们意犹未尽,要与全连干部战士合个影,然后才做再次出发的准备。

初升的太阳,慢慢从沙漠里爬起来,我们迎着朝阳,满怀激情,向东出发,去往下一个连队。

三个一米七

一大早,我还没有走到办公室,就听见办公室的电话铃响。

我赶紧开门接电话,原来是领导打来的。他说施工队拆旧房,墙倒了,砸死一个人,叫我去看看,表示慰问,也看看我们有啥责任。

我到现场一看,几栋房子的房顶已掀掉,只剩下一些墙圈儿。拆下来的砖堆了几大堆,但地上还有不少散落的砖。我叫来施工队负责人问话。负责人说:"昨天把房顶都拆了,墙体也拆了一部分。今天早上起来,就拆墙圈儿,因为有风,叫大家边拆边注意观察,防止墙倒塌。尽量先把墙推倒,然后再捡砖,把砖堆放起来。刚开始干,我们几个人推倒了三面墙,这一面墙还没开始推,我发现墙要倒,就大喊一声:'墙要倒!快跑!'并顺手拉走一人。A君反应慢一点,但也开跑了,结果还是被倒下的墙给砸趴下了。"负责人接着说,"A君上身无伤,因为他转身跑了,所以倒下的墙,只砸到了他小腿的腿肚子,腿肚子上有瘀青,右小腿面积大,左小腿面积小。"

我说:"砸着小腿肚子,怎么会死人呢?"负责人说:"我们扶他起来时,发现胸部下面有块砖。"我说:"那也不至于死人!"可是,人确实抢救无效死亡,这是不争的事实。我带着疑惑,主要是要防止施工队负责人说假话,毕竟人命关天的大事,不可马虎。既然来了就要弄个明白，要说出个子丑寅卯。我叫负责人到现场给我指认 A 君倒地的位置。我向现场其他两人求证后，用钢卷尺量了，墙基础至 A 君倒地后脚的位置，是一米七。我又量了尚未推倒的墙，高度也是一米七，A 君身高一米七。也就是说，A 君离墙一米七，墙的高度一米七，A 君身高一米七，三个一米七。那么，墙倒了怎么会砸到 A 君呢？真是奇怪了！我们在现场找了几个人，又推倒一堵墙，才发现一米七的墙倒塌时，并不是我们想象中如一块整板，以墙基础为轴旋转 90 度，仍然占地一米七。而是在倒地的瞬间，结构散了，并在惯性的作用下，有向前扑出去的趋势。所以，倒地后的墙就不是原来的一米七了，而是多出了 30 多厘米，正好砸中一米七外的 A 君的小腿肚子。

但是，A 君在倒地时，仅仅是胸部垫了一块砖，胸部受伤是肯定的，但是不至于不治身亡。因为负责人事发前后一直在现场，我就叫他再描述一下当时的情况。他说："我发现墙要倒，就大喊了一声，现场包括我是四个人，我面向墙，A 君在我右前方，离墙 1 米左右的位置，我前面后面各有一个人，大家都是站立着的。我喊之后，顺手把我前面的人拉着一起跑，我后面的那个人已经先跑了。只有 A 君离我远一点，但他比我前面的那个，离墙也远些。当时大家都很紧张，现场有点儿慌乱。"我们在现场分析认为：A 君反应慢，加上紧张慌乱，又背对着墙，墙体轰然倒塌的瞬间，他未能做出有效的反应，较僵硬地扑向地面。墙体在轰然倒塌时，呈惯性和加速度的趋势，扑向地面的力量很大，在砸向 A 君小腿时，A 君无法做出反应，而是以小腿为轴，上身被动的扑向地面，实际上是墙体倒塌力量的延续，上身似鞭梢一样拍向地面，力量很大。胸部又撞向突起的砖头，而且只有一块，如果是两块或三块，胸部所受到的压强，也会减少很多。所以，心、肺受伤已在所难免。

我和施工单位交换了意见，他们同意我的看法，也没有向我们提出任何要求，因为双方合同已明确约定：施工安全由乙方负责。实际上，施工单位也无更多的过错。无巧不成书，几种不可能凑在一起，就变成了可能。

　　我回来，即将了解和掌握的情况向领导做了详细汇报，我的任务就算完成了。

　　无论做什么事，都要"眼观六路，耳听八方"，脑子眼珠子都要不停地转动。要不然危险来到了面前还没有发现，岂不是后悔晚矣。

老老乡

  他姓王,和我的一个同乡都在县人民武装部工作。那个时候,县人民武装部还都是现役军人。我的同乡来看望我时,他也跟着一起来,一来二去地,慢慢我们就认识了。他是武汉汉阳的人,也是湖北老乡。因为他年纪比我们大很多,所以我就称他为老老乡。

  他本来是原总政治部文工团的,是演奏家还是演奏员,没问过,我也不清楚。反正是拉手风琴的,我见他拉过琴,很动听的。后来因为一些事情,他受到牵连,被调到大西北,在一个县的武装部当干事。

  他个子不高,黑瘦黑瘦的,五官小巧,很精致。一张瘦小的脸上,配上了小鼻子、小眼、小嘴,人蛮精神。大概五十多岁了,走路还风风火火的,说话还字正腔圆的,语速很快。目光炯炯有神,脸上已长了许多老年斑。在我眼里,他已经是个老年人了,虽然穿一身军装还很利索。我尊重他,见面的机会也不多,不敢问他的名字,见面就喊老老乡。他好像也把自己当老年人了,见了我总是问这问那,嘘寒问暖,很是关心,我也觉得亲切,乐意接受。我还去他家做过客,他夫人是河北人,在北京教书,受他的牵连,也到大西北来了,孩子们也来了。

  虽然我们交往不多,但有两件事给我留下很深的印象,我觉得他是个好人，至今难以忘怀。

一次是我谈对象的时候，他听说后，很是关心。他可能是想帮我参谋把关，还特意拜访了我未来的岳父，好像他们还谈得蛮投机，他也见过我的对象。一天中午，天气很热，不到上班时间，我还在睡午觉。他汗流浃背，风风火火地跑来敲我的门，好像有什么急事要对我说。我被惊醒，有点儿不乐意，问他："什么事呀？这么急！"见我不悦，他满是汗水的脸，也显出尴尬的神色。他说："我要回武装部了，突然想起来一件事。"我问："啥事把你急成这样？"他说："后妈带大的孩子脾气倔，不好相处，你要注意观察，真要是不行，就分手，别犹豫。"我回答道："好的，谢谢你。"说完，他又急急忙忙去赶车，大概是省军区的便车，我送出几步，就跑回屋里了，天气太热。他说的话，我还是听进去了，但对他的一片好意认识得不深刻，没有引起足够的重视。多少年之后，我才意识到这个问题很重要。可是孩子都有了，还有什么可说的。但我还是很感激他，难得他一片热心，要走了，大中午顶着烈日，还赶过来提醒我，这是一种什么情感啊！

第二件事，就是我发妻生孩子的时候。市场物资紧缺，鱼、肉、蛋要凭计划供应，老老乡就跑到宁大湖去钓鱼。大西北，说是"湖"，其实就是一片水洼，长满了芦苇，鱼很少也很小。之前我去玩，也钓过鱼，周围都是流沙，也没法坐，只能赤脚站在水边上，藏在芦苇丛中的蚊子咬得你不得安生。我一上午才钓了两条小鱼，老老乡不知钓了多长时间，弄了半脸盆，走了两三里路，连水一块给我端了过来。多数鱼还活蹦乱跳的，都是两三寸大小的。我当时只是说了一些感激的话，也没太当回事。过后才想起来，老老乡，那么大的年纪，忍受着太阳晒、蚊虫叮咬，要多大的耐心哪！要站多长时间，才能钓半脸盆？他自己也有孩子,非要给我拿来,为了什么呀?人家凭什么要给我钓鱼,既不沾亲又不带故,这不是一般人能做到的。这份感情十分珍贵,我当没齿不忘。

我有时候觉得,我这人挺不够意思的。我不是一个大大咧咧的人,为什么这些事就没上心呢?是认识不到人家的好心呢?还是不知道珍惜人家这份情感呢?我自己觉得是后者。他转业回武汉的时候,我也不知道,当然也没有去送。至今连他的名字都不知道,事后想去看望,也找不到门了,留给我的是说不尽的遗憾!我一生遇到的人,都是好人,我习以为常了,不知道珍惜了。

愿天下好人一生平安。

砸　煤

在冬天，北方人家家户户都要烧煤取暖。

烧煤取暖就需要有专门的炉子，炉子的加煤口，直径才 8 厘米，太大的煤，就加不进去，烧不成，就有了砸煤一说。

部队每年配给随军家属一吨烤火煤，干部也是一吨。加起来，一家人就有两吨烤火煤，基本上可以过冬了。

20 世纪 70 年代，煤便宜，37 块钱一吨，但都是原煤，没有经过加工的，大小不均，大的有斗大，有的甚至有 3 个斗大，小的有鸡蛋大。

家里的男人，要瞅星期天，才有空砸煤，且各有各的砸法。

我弄了一个八磅锤，站到煤堆上，自上而下，从大块头开始砸。煤的结构松软，没有石头坚硬。所以，斗大的煤块，两三锤就开花了，更大的多抡几锤就散架了。一个多小时，两吨煤就砸完了。大块的成了小块，烧时再二次加工就容易了，小块的就成末了。有时候上面的砸开了，底下的就直接成末了，煤末需要加黄土做成煤球，才能烧。

这时的我，满身满脸都是煤灰，只有牙齿是白的，鼻腔都是黑的。每次砸煤，手和脚无疑都要受伤。砸完煤需用半天时间洗澡、洗衣服、疗伤，还要瘸两天。

邻居砸煤与我不同。他提前找了四个柳条筐，是别人装过苹果，扔了不要的。他又弄了一身医生的装束，白衣服、白帽子、白口罩、白手套穿戴整齐，搬个小凳子，拿把木匠用的小钉锤，坐到煤堆边上，准备"蚕食"煤堆。他那小钉锤，举起来，稍停，瞄准了，再轻轻地落下去，没有一丝煤灰尘。他把小块的煤，敲成鸡蛋大小，大块煤从突出部位开打，逐步"蚕食"，都砸成鸡蛋大小。然后再慢条斯理地，像装鸡蛋一样，把煤块装进筐里。见他干活我着急，首先是他那身装束我瞧不起，没有干活的样子。也难怪，人长得精瘦、细长，没有多少力气。不过，他有些文化，是团职干部，有领导的范儿，文人的气儿。他平时也不慌不忙，干事有条不紊的。他把劳动转化成了娱乐，把砸煤当成了乐趣，慢慢享受过程。他要持续不断地砸，不慌不忙地砸。直到把四个筐都装满，把煤堆的一圈儿，弄整齐、扫干净，才肯罢休，这样星期天的工作就算完成了。他的一身穿戴，还保持着白色，洗个脸即可。

我知道他是对的，人不累，也没浪费煤，砸的煤不用再二次加工，好用。他并未多干活，只是用时间换了劳动强度。可我也没歇着，还要洗衣服、疗伤。我们做邻居多年，年年都砸煤，我也心悦诚服，可我就是学不会，手脚可以慢一点儿，装点儿"斯文"，但是心里却急不可耐，像猫抓似的。

年轻时，因为性子急，急中出错有之，适得其反有之，推倒重来有之。有些事本可以先放一放，冷却一会儿，即可转化，可我非要"趁热打铁"，多此一举。我常嫌人反应慢，动作慢，成长得慢，能把人催得头发毛都竖起来，因此也得罪了一些人。至今想来，很不划算。

去年，自驾游，单枪匹马，31天，跑了8200多公里，游了45个景区。走马观花，急如风火，天天都在赶路。钱花了，人受累，还没玩好。这是"急"的好处，也是"急"的坏处。

我不信"本性难移"，只是需要修行罢了！我的急性子也需要慢慢修行改正哩。

这是我的座位

快过年了,火车站里人山人海,南来的北往的,到处都是人。候车室装不下,很多人又被挤到广场上。我与发妻费了好大劲,才进到候车室。车快要进站了,可我们还挤不到检票口。我只好来蛮的,谁挡着我,我就踢谁一脚,被踢的人下意识地就让开了。反正人多,被踢的人也搞不清谁踢了他,你别看他就行了。那个时候,大家都着急赶路,即使他知道是你踢的,也懒得跟你扯皮,他还要赶紧办他的事呢。

我和发妻好不容易上了火车。此时我已是汗流浃背,心急火燎,仿佛浑身都是火星子。正要对号入座,才发现这头是大号,我们是小号,要想到座位上去,必须从车厢的大号这头,挤到车厢的小号那头。这背时的列车员,你干吗不开小号那边的门呢?这会儿,不知她去哪儿了,找她也没用。我被挤得动不了,过道里挤满了人,有找座位的,有往行李架放行李的。那个时候,人们回家没钱,就收拾几个大包背上。还有送亲人的,也挤在过道里动弹不得。十几米长的车厢,我们走了十几分钟,才挤到我们的座位跟前,却发现我们的座位被两个小伙子坐着。此时形容我怒发冲冠,一点儿也不为过。我摘了帽子,告诫自己要冷静,要沉住气。说不定是重号了,或者是人家坐错了,都有可能。先问问清楚,别发火。我很有耐心地说:"同志,这是我的座位,请让让。"对方却不搭话,我便有些发毛,又耐着性子说了一遍。对方说:"我是大票。"那个时候火车票是有两种。一种是复写纸复写的票,宽有 10 厘米,长有 15 厘米的样子。还有一种制式的纸板票,宽有 2 厘米,长有 4 厘米。我说:"大票、小票都是一个价。关键是你们坐了我的座位。请检查一下你们的票,如果是重号,我们一起找列车长解决。"他们不出示车票,也不理我。我怒火中烧,大声叱责道:"站起来!"附近有他们的几个同伙,他们喊道:"别起来,看他怎么样!"我见此情形,反倒更清醒了,我做了最坏的打算,动嘴不行,该动手了,但是不能打,如果打,性质就变了。可以把他们拉开,要不然,就只能一直站到目的地了,身心都受不了,岂能容忍。我强压满腔怒火,抓住一人的领口,使劲往上提起来,然后再退半步,他被提拉着离开了座位。我发妻趁势坐到座位上了。另外一个一看,也知趣地离开了,我也顺势坐下了。

火车还是正点发车了。乘警和列车长开始巡查车厢,并查票。车厢里有些站着的人,纷纷向乘警和列车长抱怨,他们的座位被别人占了,他们有座位却坐不成。乘警对空喊话:"你们买站票的站起来,让有座位票的旅客坐。"乘警又喊了两遍,还是没人理他。乘警也算是尽人事听天命,无能为力。此时,有好心人,偷偷警告我说:"你们今天算是捅了马蜂窝了,他们不会饶过你们的。你们晚上下车时千万要注意。"我说:"没王法了吧!"我嘴上是这么说,心里还是在盘算如何应对。那个时候的社会治安不好,还是小心为上。我补了卧铺票,把发妻安置到卧铺车厢。我还坐原来的座位。他们问我在哪里下车,我说了假话。提前一站我便做了要下车的假象,到了卧铺车厢。下车后我也不敢松懈,随时随地观察附近所有人的动作表情。还好一路很安全。

没事不惹事,有事不怕事,是我做人的基本原则。那也是个特殊的年代，物资不丰富，人多粥少，供不应求，正所谓"槽中无食猪拱猪"。到了现在，国家经济形势好了，人民生活水平提高了，就没有过去那些现象了。现在，进了饭店，往那里一坐，就有人招呼，吃啥喝啥，一会儿就给你端上来了，过去不行。有一次，我在郑州一饭店吃饭。先排队买饭票、买菜票，然后再到厨房窗口，排队取饭、取菜，一圈下来，饥肠辘辘的我，有些头昏眼花了。我端着饭菜，想找个地方坐下来，转了一圈也没找到凳子。突然眼前一亮，一伙人吃饭、喝酒，把行李包放在凳子上。我把饭菜放到桌子上，去和他们商量，请他们把包拿起来，把凳子让给我，吃完饭再还给他们。我说了两遍，没人理我。他们仍旧喝酒划拳。我说第三遍之后，又加了一句"那我就自己拿了"。我走过去，把他们的包放到地上，把凳子拿到了。转身离开，却被他们拦住了，并夺我手中的凳子，我岂肯松手？他们开始推搡我，我也准备拿橙子砸他们了。几个群众过来拉住我，说："他们喝酒了，别理他们。"其中，有个年纪比我大的师傅对我说："我吃完了，你坐这儿吃。"我气喘吁吁的，还想去干仗。他拉住我，又摸又劝的。我坐下后他还一直看着我吃完饭。我们一起上了同一列火车，走一路说了一路，我的心情也好了许多。我很感激他，是他大事化小，给我凳子，对我劝慰。

那个时候，国家不富，人民生活水平低，社会生产力低。什么都缺，缺火车，缺凳子，缺粮食，甚至缺玩具。有一次我抱着孩子排队坐玩具飞机，排了两个小时了，腿都站直了，快到我们了，却有人硬生生插到我前面，我怎能依他。我俩都抱着孩子，我把他往队外推，他把他的孩子递给他老婆，又挤进来，我一手抱着孩子，一手又推他出去，他又挤进来。我后面一个女警官，把我的孩子抱过去了。那人一看我腾出手了，且得道多助，只好乖乖地走了。

出差有两大难题，一是买票难，二是住宿难。那个时候火车、汽车都少，每次出差，到了一个地方要先买去下一站的车票，然后才考虑住宿，最后才是吃饭。有一次买长途汽车票，没票了，连站票都买不到。还好有个姑娘多买了一张，很多人挤到她跟前要买，她说要卖给我，那些人讽刺她，她也不在乎。只可惜当初我光感动、光激动了，忘了问姑娘的名字。如今想起来，总觉得欠人情没还，是个遗憾。还有一次，终于买到了去下一站的车票了，却住不上旅店了。那时候叫旅社，不叫酒店。服务员说确实没床位了，我们有个值夜班的，他的床空着，你在他那儿凑合住一晚。当时我太年轻，不懂事，倒头就睡，早上起来，拍拍屁股就赶车去了，连句感谢的话都没说，现在想想也是后悔。关键是我还不知道睡的谁的床。总之，那时候什么东西都缺，但不缺好人，我经常遇见好人。东西紧缺也不是计划经济的问题，而是国际形势对我们不利，资本主义封锁我们，我们要搞三线建设，要搞大的基础设施建设，要建新工厂，要自力更生，要立足于世界民族之林。所以，人民生活这个方面，就顾及得少了。就像一个家庭，要抵御外侮，要挺起腰杆做人，却没有过多的精力照顾儿女，只好让他们吃些苦头。

那是一个特殊的年代！我理解那个年代，人民都穷，但还是好人多。

何去何从

俗话说："铁打的营盘流水的兵。"部队毕竟不是久留之地，它不养小，也不养老，人员始终处于不断更替、流动的状态中，转业离队是每个军队干部必须面对的选题。既然早晚都要走，晚走不如早走，早走才是明智的选择，这也是当时一部分干部的口头禅。我当初参军，初衷是尽一个公民的义务，尽完义务就返乡，超期一两年也无妨。可是有个同年参军的老乡，他先入党了，我也想入党。我填了入党志愿书，支部大会也通过了，等上级审批后，我就是党员了。谁知这个时候，上级又让我填提干审批表，我心里不情愿，可不填岂不是不服从革命需要吗？还想入党吗？填吧！以后再申请转业也不迟。

不承想，提了干，就身不由己了。每次申请转业，都不批准。他需要你，就不会放你。次数多了，我也麻木了，听之任之吧！一年一年又一年，一晃就24年了。还在外面成了家，有了老婆孩子，拉家带口了。为了早点儿转业，放弃了六次调动升迁和一次上大学的机会。今年可轮着我转业了，却又不知去哪里了。是留在部队驻地？还是回老家？任何事物都有对立统一的两个方面，有好的一方面，也有不好的一方面，各有利弊，决心难下。我平时最讨厌优柔寡断、拖泥带水的人，可事到临头，也与他人无异。真的是"说人前，落人后"。因为拖家带口，怎不拖泥带水呢！不能单凭自己的喜好，要考虑老婆孩子的感受，甚至要优先考虑他们。我冥思苦想了半个月，想得头疼，就是举棋不定。

留在部队驻地有几个好处。

一是老婆的父母、弟弟、妹妹就是当地人，也都在一个城市里。

二是部队在此地驻守20多年，每年都有一些战友选择留在当地。我如果留在当地，也不缺熟人和朋友。

三是当地是省会城市。省、市两级机关单位多，需要的干部相对多一些，容易安置。

四是孩子学小提琴的老师在当地歌舞团，当地文化氛围强于一般地级市，便于孩子学习。

如果是回老家，这四条好处，都不存在了。老婆背井离乡，远离父母姊妹。孩子们也离开了熟悉的环境，从北方来到南方。说是回老家，其实在家乡的城市里没有熟人，等于是人地两生。还要再找小提琴老师，也不是很理想。

留在当地也有不好的方面。首先是当地处在地震带上，20世纪70年代，大震没有，小震不断。谁知道以后啥时候，给你来个大的，有"一朝被蛇咬，十年怕井绳"的感觉，还是安全第一。其次，驻地属于边境城市，离苏联、蒙古人民共和国很近。我们部队就是在中苏关系最紧张的时候组建的，并一驻就是20多年。当时的中苏关系未见好转，打起仗来，不好办。红军时期，苏联支援物资的交接地就在附近。苏联在此之前也早已与蒙古通商，也就是说苏联多年以前就有进来的通道。杨家将镇守三关、薛丁山三请樊梨花的故事，都在此地。再次，教学质量不及内地。最后就是，我有一种身在异乡的感觉。当兵20多年，回不了家了，好像是背井离乡讨生活，也有上门女婿之嫌，孩子们以后也代代相传都在异乡。当地再好，也不是自己的家。老家是山区，三线建设的区域，地广人稀。人有的时候也不能净图实惠，还有一些文化、道德层面的东西要顾及。

在决定是留当地，还是回老家的问题上，我曾两次征求过岳父的意见。一次是说想留当地，岳父未置可否，至少没有强留的意思。第二次是说，我一个人先回去试试。他们娘仨先不动，老家好了，我再接他们，不好了我再回来。岳父明确表示，走、留都一起。

在走与留的问题上，老婆一直没有明确表态，在静观其变。

最终我还是决定回老家安置，并尽可能地往好处努力。安置的重点放在给家人创造一个好的生活环境，给孩子们找到好的学校，寻求好的教学条件，不再考虑自己了。我向空军联络组提出了三个要求：一、必须进地级市；二、要安置在市中心；三、要有三室一厅的住房。我进什么单位，做什么工作无所谓，但这三个条件要达到。如达不到，把档案材料退回，我回驻地安置。当时提的这三个条件，近乎苛刻，一般人也不敢提。尤其是住房很紧张，那个时候还没有商品房，哪个单位也没有闲置的房子等着你来住。其实我也是想投石问路，如果不行，再回驻地安置。空军两个联络员，他们很负责，专程到我老家地级市，与相关部门联系商洽。有关部门答应接收我，并尽量满足我所提的另外两个条件。后来相关部门又征求我的意见，说我的条件进财政、工商、税务都可以，但进这些单位，有可能把我分到郊区，他们不便更多地干预。所以，安置在市中心的要求，就可能保证不了。他们说，保险公司的机关和分支机构，都在市中心。到那儿，咋安排都在市中心，经了解也有住房。何去何从，问我的意见，我很干脆地答应，进保险公司。随后我又回去看了，城市干净整洁，市容市貌好。保险公司机关和两个分支机构我也看了，确实都在市中心。回老家的问题到此就定下来了，我没有想到会这样顺利。要么说，我净遇到好人呢！空军两个联络员，不知尊姓大名，也未见过面。市有关部门也认真负责，我所有的要求都达到了，就没有后退的理由了。

8月初，我就接到了报到的通知，同年转业的战友都为我高兴。一是我的通知最先到。二是保险公司单位也不错，当时还是国营独资企业，又有事业单位的性质，还兼管社会保险，人员工资待遇也与行政部门相同。老婆安排在本市最好的幼儿园。8月中旬我们都到单位报到了。三室一厅的住房已粉刷一新，尤其是住房位置很好，在市中心的中心。我高兴得合不拢嘴。不管是先于我转业的战友，还是留在驻地安置的战友，都没我这个待遇。还配有汽车，可以上下班用。老婆上班的单位、孩子的学校、菜市场离家都不超过200米。

第二年年底，岳父专程来看我们，他很高兴。说住房条件好，气候、环境好，菜好吃。半年后我们又换了更大的房子，马路对面就是全市最好的小学、最好的中学，两校相距不到百米。

人生重大的转折，顺利地转过来了。我已无所求，只盼着孩子们好好读书，奔他们的前程。

有点儿遗憾

在部队期间,有六次升迁调动的机会,我都放弃了。原因或是所去的地方不好,或是对职务不满意。比如,四次调军区机关,前三次都是嫌那里地理位置不好,没去。它在一片庄稼地中间,院子倒是很大,下班没地方去。去省会城市,没有公共汽车,非要坐一小时火车,着实不方便。第三次,军区后勤部副部长还专程来了一趟,那我也没去。第四次是懒得去,干部处给我一个星期时间考虑,我当即表示不考虑,就是想转业,实际上前三次也有这个想法。家里父母多病,弟弟妹妹们还小,当初入伍的时候,就没有打算在部队长干。还有两次是嫌工作不好,例如,当军代表、当审计员。这六次放弃,我一点也不后悔,现在也不后悔。所谓选择,就会有得有失,得的是实惠,失去的是职务和级别,而职务和级别是身外之物。但是,放弃了一次上大学的机会,现在想起多少有点儿遗憾。

1988年夏,某天,政委打电话,叫我去他办公室。待我坐定后,他说:"正式通知你,军区指名道姓,叫你到国防大学学习。"我问学习多长时间,他回答说:"两年,毕业后算大专。"那个时候,文凭已显露其重要性。但我说家里走不开,让副处长去。政委说:"军区指明主官去。"我说,我考虑考虑。

怎么考虑都是家里走不开。

女儿正学小提琴，老师看好她，说几个孩子里面，就她能教出来，她自己也在兴头上。那时候她还在上托儿所，都是我接送。她妈妈在商场上的"大倒班"，上下班时间与托儿所接送时间不一致，该去托儿所接了，她还在上班。我如果去上学，就没人接送女儿。

我发现女儿有两个能力，一是调琴弦的音高，不要校音器，不要参照音，也不听两个弦之间的音程关系，而是单凭耳朵听，每根弦都单独调，我按她的要求，帮她拧琴弦的松紧。二是会扒谱。电影《妈妈再爱我一次》，主题曲叫《世上只有妈妈好》，看完电影回来，我做饭的工夫，她竟然含泪把《世上只有妈妈好》拉出来了，她脸上还有泪痕。我高兴极了，帮她把谱子记下来。后来，同当地电视报登出来的谱子对照，音程关系都对，只错一个调。例如报纸登的是 F 调，她拉的是 G 调。她老师也兴奋不已。如果我去学习两年，她就学不成了，岂不影响她的前程？我都三十六七了，学不学无所谓。她来日方长，别耽误她。

后来我还带她到中央音乐学院，找老师听她拉琴，老师说她可以到音乐学院附小上学。

还有个原因，就是想再要个孩子。那时候计划生育抓得紧，部队更紧，空军再加一等。总想着两个孩子是个伴，要是能生个男孩儿，岂不是锦上添花，儿女双全。过去的老观念，我也是有的，男孩儿传宗接代。那时，家里没有男孩儿，别人会耻笑。但是计划生育的政策不允许，一直不能如愿。这次逮到了机会，前面批准手续办得差不多了，只是还没有拿到指标文件。我要是去学习两年，就前功尽弃，计划就落空了。职务和级别是身外之物，退休了都是老头老太太，对后人也没啥好处，所以学不学也不打紧。

铁打的营盘流水的兵，我最终的去处，还是要转业到地方。

等学习结束，我就快 40 岁了，再升一级，按干部条例，就要干到 45 岁，如果再回地方，年龄太大了，也没回旋余地。倒不如尽量早点到地方，早点熟悉地方的环境，早点建立社会关系。

考虑再三，还是不去上这个学，有利条件更多一些。所以，第三天，我就明确回答政委："不去了，让副处长去。"副处长去了，两年回来，官升一级。任何事物都有对立统一的两个方面，当得到某些东西的时候，同时也失去了某些东西。

后来，为什么又有点儿后悔呢？首先是若有大专文凭，到地方工资高些。其次，女儿拉琴，小学期间考了个五级。上中学就没有时间练琴，我也不忍心给孩子加码，慢慢就把琴放下了。特别是，在参与《十堰蓝氏宗谱》的三修工作时，突然觉得对不起祖宗，我本来是可以当大学生的，可以光宗耀祖的，却放弃了，确实有点后悔。但是，那时的客观情况没法克服，也属无奈。所以，只能说有一点遗憾，不纠结也罢。

扶弱抑强

本人本来是在机关上班，可总要往基层跑，一年中有小半年都待在基层。20世纪70年代，交通也不发达，坐了火车，再换汽车，得在路上折腾两到三天，才能到达目的地。

那个时候的火车车厢都是绿色的，车头是烧煤的蒸汽机车，跑起来吐着黑烟。座位是硬板的，也有长条凳的，像公园里摆的那种，这两种都叫硬座。要想坐软座是要符合条件的。我最讨厌的是火车速度太慢，跑10公里到15公里就要停一下，停的时间是5分钟到15分钟不等，我气得不行。可火车是为了方便沿途的人们出行，不能按我的想法快跑。快车还是快些，说是快，其实就是停的站少一些。

长途公共汽车也是硬座，车小只能坐三十几人。关键是那个时候班次少，因为车少。每次坐车摩肩接踵、吵吵嚷嚷、拥挤不堪。也没有个车站，车停在停车场或马路边，车屁股后面挂个牌子，写明了去哪里、多少次车，乘客自己对号入座。准备发车了，司机或车上的售票员检一下票，数数人头，核对无误后就发车了。乘坐汽车的人比坐火车的人成分复杂，老、幼、妇女都有。人们多穿着羊皮袄，就是将皮从羊身上扒下来，用针线连接一下，便穿到人身上了，羊皮没经过任何的加工处理，膻味大得很，熏得人喘不上气。一般情况下，我会在最后要发车时才上车,可以少"熏"一会儿。

有一次,我正准备上车,见一妇女抱个吃奶的孩子,坐在车前面的沙石路上,边喂孩子吃奶,边哭边说,她说的是本地话,我也听不懂说的什么。看她年龄也不大,一身的沙土。要开车了,司机去拉她,见司机来拉她,她索性躺下了。司机抓住她两个脚脖子,连同孩子一起,往路边上拖。地上铺的是石子,她背上会被划伤,她的衣服也被蹭到脖子上,我不忍直视,扭过头去,只听孩子哇哇大哭。等司机准备上车了,她整理一下衣服又坐到车前。司机又像上次一样,把她拖开了。此时我有些火了,心想她可能是有什么急事,才不依不饶地要挡住车。司机过分了,人家毕竟是女人,不能拖的。我正想着呢,她又坐在车前,司机又要去拖。我立即挡住司机,问道:"这是怎么回事?"司机说:"她没钱买票,还要上车。"我说:"那也不能拖人家。"司机看看我,没搭话。我问妇女:"为什么这样?"她说:"丈夫在住院,昨天亲戚打来电报,说医院报病危了,去晚了就见不到了。"说完又号啕大哭起来,孩子也哭。我跟司机说:"我给她买票。"司机说:"没有票了。"我大声说:"我买站票!"司机瞅瞅我,迟疑了一会儿才说:"那行吧!"那个时候,车上有专职售票员,卖票有"存根",他们不敢装进自己腰包。票价好像是 4.7 元,我那个时候的月工资是 56 元。妇女上车了,她抱着孩子,我领她坐在我的座位上。我只能站着,而且要站四到五个小时,但我心情却很舒畅,因为我帮助了弱者。

那个时候,经常途经武威(古称凉州),那里常有红军西路军当年的足迹。可我每次在饭店吃饭时,都会见到很多要饭的,我心里很是别扭。觉得革命前辈们抛头颅洒热血,这不是他们想要看到的景况。这些要饭的多是老弱病残,一见有剩菜剩饭,便一拥而上。可饭店服务员不让他们吃,要统一收起来,倒进泔水桶里。我有些不乐意，就上前阻止服务员说："他们要吃就让他们吃，倒了也是浪费。"不过我也有标准，非老弱病残者，不让其抢食剩菜剩饭。

有一次，我看到一帮跑货运出租的司机在排队等生意。排在最前面的是个"小媳妇"。一会儿，一辆轿车要在那里拐弯，却拐不过来。轿车司机叫"小媳妇"把车挪开，"小媳妇"说："我按市场规定停的，凭什么要给你挪车？"轿车司机上来就想打"小媳妇"。我拦住轿车司机说："好好说话！"轿车司机："叫她挪车，她不挪。"我看了看路的宽度就说："这么宽可以过。"轿车司机还非要"小媳妇"挪车。我说："可以过，不用挪车！"那轿车司机便冲我来了，还要打我，直往我身上靠，我便打了他两拳，踢了他一脚。其他司机见状，立即将我们拉开。我气不过，其他司机劝道："人家没还手，算了吧。"我喊道："别给他挪！"最后，轿车司机还是自己拐弯跑了。他就是开个好车，都不知自己姓啥了。技术不行，脾气不小。

我骨子里本能地同情弱者，有能力帮助他们时，我会毫不犹豫地帮助他们。过去手中有些小权力的时候，我对弱者会尽量主动照顾。我从来不攀附权贵，鄙视那些溜须拍马、阿谀奉承的人。碰到那些自以为是、自以为有能力的人，我会与他们争个输赢、论个高低。反正，我就是扶弱抑强的性格。

再回军营

1969年3月2日，中苏边境珍宝岛自卫反击战打响，我们刚到部队，原沈阳军区当年的新兵已经上阵了。我们部队也立即结束"三支两军"任务，分批乘火车到青海，因为西北边境也有情况。

去年自驾到青海，专门去看了当年生活、训练的地方。但是，营房没了，只剩下断壁残垣，我很是失落和伤感。很多人把青春抛洒在这里，有的还留下了生命，现在此地却基本废弃了。

我坐在连队营房的废墟上，看着辽阔的大草原，很多往事涌上心头，心里一阵酸楚，不禁泪水涌出了眼眶。这里是我离开父母，走向社会，走进军营的第一站，这里有很多难以忘却的记忆。

这里，海拔3300多米，空气稀薄，天气寒冷。早上洗脸，毛巾出水就硬了，再看脸盆里，水已结冰。泼出去的水，落地即成冰，绝不流动的。烧水的话，80摄氏度就沸腾了，馒头是蒸不熟的。在这种情况下，我们要自己搭建营房，要和泥巴糊墙，糊房顶，我们争着踩泥巴，出来后，两腿都是被冰划的血口子。老兵们吼叫着，不让我们新兵和泥巴，不让我们上房，只允许我们在地面上干些轻活。

连首长好像年龄都大。连长在解放战争的时候，就是侦察排长，这时也在50岁开外。他总是一脸严肃，我尽量躲着他。来4000米的日月山时，他差点儿没喘上气儿。因为空气稀薄，我们也不想动，走着时想站着，站着时想坐着，坐着时想躺着。

为了尽快适应高原气候，连长就领着我们围捕野兔，三天下来，一无所获。然后，才正式进行单兵技术战术训练。指导员很慈祥，一副笑脸，我们有话敢跟他说。他和连长一严一慈，我们感到敬畏且舒坦。副连长教我骑车，他在左侧扶着我，跟着车子跑了一个星期，我终于会骑车了。有一次我胃疼，他把我从五六里外的训练场，背回连队。排长话不多，到现在我和他还有微信联系。发枪时，多数新兵发的是老兵用过的枪，而我和另外两个新兵发的是新枪，刚拆封的，我心里美滋滋的。连队要买文化用品了，就让我去，我借机在县城逛一圈。我过生日还吃的蛋炒饭。

连首长除了在生活上照顾我外，还关心我的成长进步，有意培养我。新兵中我第一批入团，当兵 4 个月当副班长，8 个月当班长。连长和指导员都亲自教我如何带兵，为我以后的工作打下了基础。各种学习的机会也都有我，我还一个人代表连队参加师里的积极分子代表大会。在离开父母的日子里，由于连首长的关爱和照顾，我是快乐的，我很感激他们。

1970 年 4 月，我被调走，指导员把调令压了 20 多天，直到师里再三催促，他们才送我走。这一天，正好是我国第一颗人造地球卫星上天的日子，我也"飞"走了。之后，我总是忙这忙那，再没有回过青海。

转眼 50 多年过去了，除副指导员找到过我外，其他连首长我就再没见过了。此时此地此景，我很想念他们。我站起来，在营房废墟里转了几圈，努力感受他们的气息。我非常后悔当时没有想办法，早点儿回这营地来，再当面向他们说声谢谢。

他们中的多数人，可能已不在了，但他们永远活在我心里。尚在世的首长，我默默为他们祈祷，祝他们晚年幸福安康。

第四辑

回归故乡

大迁移

收到报到的通知已经几天了。

在当年转业的干部中,我的报到通知是最先到的,不知是喜还是悲,有很多未知的事物,正在前面等着我。要拖家带口,举家大迁移,从部队到地方,从北方到南方,从熟悉的地方,去往一个陌生的环境。有太多的不确定性,有太多难以预料的情况,都要我届时去面对,尽管我做了很充分的准备,包括铁丝、木螺丝、钉子、电热油门取暖器、电钻等家用材料、工具和设备,一应俱全。还买了大米、食用油,怕有钱没处买,唯恐有失,忐忑不安。

家里乱七八糟的东西,准备装两个集装箱。可把空箱拉回来就下雨,装不成,刚把集装箱送回去,天又不下了,再把空箱拉回来,又开始下雨。反复两次,没有办法,只有冒雨装车。似乎是"人不留客天留客"。

东西都托运了,没有了吃饭的家什,只有住部队招待所。从这一刻起,我意识到,生活工作了20多年的部队,就与我没有关系了,军营再也没有我的栖身之所了。多少年了,我时常想离开部队,此刻却又恋恋不舍了。3个月前,我还参加常委会,在影响别人的命运,今天我也这般了。人要往前走,眼要往前看。我如此提醒自己。回头,路已断,再不复往昔。只要命还在,何处不翻飞。

我准备乘坐空军联航的飞机，不要钱的，直飞北京，还可节省 20 多个小时的旅途时间。战友、岳父一家人都到机场送行，大家互致祝愿和勉励，说了一些注意身体、有空来信等体贴的言语。

飞机起飞了，我俯视着生活了 20 多年的城市，今后它只能出现在回忆中了。

我把贺兰山凝视了片刻，那里有我的牵挂和不舍。再见了，亲人！再见了，战友！回头看看家人，似乎并不兴高采烈。一岁多的儿子不断抠耳朵，我知道那是气压的作用，耳朵不舒服。我把之前准备的报务员用的耳机，拿出来给他们带上，以期耳朵会舒服一些。发妻是这里的人，现在离开了父母和弟弟妹妹，离开了发小、同学和同事，离开了从小长大的城市，背井离乡，跟我大迁移，有几多眷恋和不舍。真是纵有千般不舍，也抵不过万般无奈。此时此刻，她心里正不好受。女儿懂事了，这会儿也会想起伙伴，但她却不动声色，一副若无其事的样子。飞机飞了一段时间后，突然电闪雷鸣，下起了大雨，我们都很害怕。飞机很快爬升到了云层上面，天似乎晴了，因为雨在云层下面。

一个干部在北京给我们买了车票，送我们上车。为了缓解家人初来乍到的陌生感，我决定先到去年转业的战友家，熟人熟面感觉不一样，会使家人心里舒服些。不承想，正赶上末伏的最后一天，战友住在一条山沟里，他家热得像蒸笼。我们脸上的汗珠子滋滋地向外冒，擦了冒出来，擦了又冒出来，更巧的是，那天这一片儿停水停电，电风扇用不成，想用冷水洗个脸，没有水。儿子热得哇哇大哭，发妻直抹眼泪。我抱着儿子去沟外转了一圈，想找点儿风，可一丝风也没有。女儿说："没事！没事！"第二天一看，她事儿最大，后背全是痱子。那个时候，思维停车了,就没有想起来改变原计划,去住酒店。人有时候会形成思维定式,这时是需要有人提醒的。不过 22 时一过,水电都来了。

我的新单位不错,分给我们的三室一厅住房,已粉刷一新。只等集装箱到了,我们就可以搬进新家了。周围的环境也不错,在市中心的中心,左边 100 米是电影院、百货商场,前面是工人文化宫,离家 20 米是自由市场,蔬菜、副食品种多,卖小吃的也多。右边是全市最大的商场,也是发妻的工作单位,附近还有女儿的学校,都不到 200 米远。我们住的房子虽然在一楼,但有架空层,后面还有个小院,我很喜欢。虽然初来乍到,不自在,但是,住房和环境都还好,心里也有几分高兴。与先回来的战友比,他们都没有我这个条件。要么是房子没我的好,要么就是位置、环境不行。

环境很好,房子也不错,我就想把房子打扮一番。过去住部队的房子,"铁打的营盘流水的兵",都是临时的。现在再也不会"流动"了,应该是要做长期打算。20 世纪 90 年代初,装潢房子的风气还没有真正兴起,因为,就全国范围而言,住房子的事情,普遍都还是很困难的,更没有防甲醛的概念。我们买了地板革,还是 300 毫米×300 毫米的那种小地板革,再买些胶水,自己就把地板革铺上了。有点儿鸟枪换炮的感觉,也像个长期"过日子"的样子。集装箱到了,单位派车帮我拉回来,找些人卸下来,将物品搬到屋里,人家对我这初来乍到的,应该算是很好的,我很感激。

把过去用的家具,重新摆放起来,各就各位。新的生活开始了。为了照顾不到两岁的儿子,我特意要求把发妻安排到商场托儿所上班,她上下班来回带着儿子。女儿也上学了。军转办通知我要去襄樊学习,参加"军转干部培训班"。我不愿意去,因为,发妻初来乍到,怕她一时适应不了,还要照顾两个孩子。我试探性地表示了自己不想去的想法，得到的回答是"不行"。新到地方，也不想给人家留下坏印象，还是咬牙去吧。发妻辛苦一些，她怕蚂蚁和蚯蚓。市中心热闹，下半夜了，外面还有人说话、走动，她也害怕。

好在这里有两个亲戚、三个战友，他们都全力以赴帮助我们。在我们大迁移的过程中，他们给予了很大的支持。在我们人生大转弯的时候，是他们给予了安慰和缓冲，使我们平顺地、无痛苦地完成了人生的重大转折。在部队时的战友、邻居还专程来看望我们，令我们感动，也给了我们极大的安慰。3个月之后，我们都慢慢地适应了这里的生活。

我想起毛主席的两句诗："雄关漫道真如铁，而今迈步从头越。"从零开始，走好后半生的人生路。

转变观念从头越

从部队到地方，职业变了。

从北方到南方，生活地域变了。

从军营到居民小区，生活环境变了。

从领导到被领导，身份变了。

这一系列的变化，需要内心的强大，需要观念随之转变。

青春已逝，去而不返。人已是不惑之年，不必显山露水、争强好胜。要从彰显能力转为收敛锋芒，做一个兢兢业业、踏踏实实的老实人。收起在部队时的作风，不要老想着"开创新局面""再上新台阶"。领导叫干啥就干啥，领导指东决不打西，少提意见和建议。吃个不操心的饭，干个不操心的活；丢掉在部队时的"临时"观念，一切从长计议，无事不惹事，有事不怕事。有来无往非君子，没有必要奉承和迁就谁，不卑不亢面对人生。

军转干部培训班结业之后，领导叫我从基层做起。不懂业务就先学习。学习方法，一是看书，熟悉保险相关法律法规、保险条款；二是跟着业务员一起出去，看他如何开展业务。一个月后，我就回市公司机关了。开始在工会，领导说让我负责工会下属的三个小企业。我知道我不是做生意的材料，也不想发财，更不想招惹是非，挣到钱挣不到钱都是麻烦，我有这方面的经验。所以，我明确跟领导说我干不了，并且做给他看，表示我没说假话。不长时间，就到行政科，先当副科长。因为前面三任到最后还都是副科长。正副无所谓，有活儿干、有工资拿就行了，我要想当领导早在部队时就当了，不用等到现在。现在有三室一厅住房，而且在市中心，全市最好的小学、中学就在家对面，这就很好了。岳父来看我们，说我们的住房比他们那儿的厅级干部都好。不长时间后，我副的转正了。有前任跟我说他心里话："是因为你啥都会，难不倒你，不然你也当不了科长。"我心里话，当得了当不了，好大个事。我是看上了这份工作，并不在乎什么科长。可有人却在乎，科里十几个人，你来了就当科长？给你出难题、使绊子是很正常的，对我而言，只是多干点活儿而已，并未觉得有多困难。有上级领导或有客人来，行政科主管接待，但我很少过问。在部队的时候兵团司令来了，我也躲着不见面，后来政委说："你不见面，这可是班子团结的问题。"无奈只好去，去了还等司令员先跟我碰杯。说起来，不会喝酒，真是我的一个"缺点"，我不愿去酒局，也不懂酒局的规矩，因为不会喝酒，上酒局也不敢说话。

接着，全国各地都开始了住房制度改革。我和人事科长一起，参加了市里关于住房制度改革的会议，本单位的房改工作就算交给我了，挨家挨户测量住房面积、计算房价、报批、收款、填发房产证。我也花了8000多块钱，买了这套三室一厅的房子，还拿到了房产证，很高兴，我也有房产了！在此期间，还给公司买了两处营业网点，征了一块地。

一年之后，地区和地级市合并。地区保险公司与市保险公司也合并，两个公司的行政科自然合并，有两个科长，两个副科长。按照任职年限，原地区的科长任职时间长，所以科里的工作由他牵头，我还是正科，拿正科的工资。我主动配合，积极找活干。我们征了一块地，与搞基建的同志一起工作，还跟市政府办公室合资建房。不知为什么,我觉得地区公司的同志很亲切,可能是他们对我客气的缘故吧,不像我们市公司的人。地市合并后的这一年很舒服,人多活少,好像老板们也没打算裁减人员。

可好景不长,产险、寿险要分开经营。要分家,就要先把"家底"搞清楚。资金组由原地区公司的财务科长负责,资产这个组就由我负责。我先到处跑,把所有房子、车子、土地都摸清楚,登记造册,再与财务上的固定资产账目核对,防止漏登。然后按原值减去折旧费,算出净值。按照业务总量占比分配资产。当时寿险保费收入只占三分之一,产险保费收入占三分之二,所以资产、资金、人员也按这个比例分。原来市公司总经理,合并后是书记,我估计他会到寿险公司,把市公司的一班人马收归麾下,我看好寿险公司,今后有潜力。所以在资产分配上,尽量把不良资产、用处不大的、太贵的资产分给产险公司。因为,寿险公司占比只有三分之一,分那些东西负担不起。把不值钱的营业网点分给了寿险公司,还给寿险公司分了一块空地,算 100 万元,这是分给寿险公司最大的一笔资产。而产险公司动辄几千万元,光固定资产折旧费,以后都负担不起。可原地区公司的一副总老偏袒产险公司,我就跟他说,你以后也在寿险公司,不要老帮产险公司说话。后来,真把那个偏袒产险公司的副总,分到了寿险。他比我大十几岁,但爱跟我"疯"。他问我怎么知道他要到寿险的,我说省公司我有人。这是骗他。其实,这是我分析的:既然是"一家人"分两家,就不会按原来地、市公司分,而要打乱了分。原地区过来一个,原市公司也过去一个,这才叫分家,要我是省公司老总也会这样分。他没估计到,算他"笨",不算我聪明。原市公司分过去的副总,分家时也偏袒寿险公司。他们两个有两个共同特点:一是分家偏袒原班人马,二是年龄都偏大。不对调他们,还对调谁。

分人之前，原地区公司的老总，跟我聊了一个多小时，想让我去产险公司。因为在清产核资、分配资产的过程中，他发现我工作认真、头脑清楚。正式分资产前，我和原地区公司的财务科长，陪两个老总到省公司，汇报分家的情况。他发现财务科长不明白，说不清楚，甚至连计算器也没带。他气得很，说："我枉为总经理。"但我还是要到寿险公司。一是寿险公司的人多数是原市公司的人，我转业回来，是市公司接收安置的。二是我认为寿险业务潜力大，随着人们保险观念的增强，人们会把有限的钱，投向人身，而不是财产。不出所料，产、寿险分开经营后的第二年，寿险公司保费收入就超过了产险公司。

寿险公司分得的一块空地，就成了我的用武之地。从开山、跑规划、跑设计、选施工单位、签合同、现场管理，一直到工程结算完毕，我几乎亲力亲为，由于太过劳累，其间患脑梗死住院两个月。之后到稽核审计科当科长，也忙。地方不像部队，部队有多少事就安排多少人，各负其责，井然有序。地方人员是固定的，工作量是无底线的，领导总会认为你是万能的、铁打的，只要你还能完成，就再给你加码，这真正体现了"能者多劳拙者闲"。所以，我从一开始就给自己定位为"很笨的诚实人"。不显山露水，免得多干活，免得招惹是非。无奈工作还是压到了头上，不拿出本事来也不行。老总们背后对我评论："冰冻三尺非一日之寒""他睡着了都比你们明白""真正的共产党员""比地方干部还地方干部"。我累得患了脑梗死，都休息不了。全市系统业务、财务大检查，也叫我牵头，还要当土地边界纠纷的"代理人"。

正好，这时有"内部退养"的政策，我也正好符合条件，就决定内退了，有副总说："你别退，下面要提高工资待遇了。"我说:"我正好在内退的范围内,你们拿你们的高工资,我不眼红,我去当个体户。"后来真就买了一台微型货车,跑出租,钱是没挣到,却把身体跑好了。

转业到地方后,我年年都被评为先进个人或优秀党员,也算是圆满完成了"从头越"的目标。

烟里的钱

半夜起来,没烟抽了,翻箱倒柜,找到一条"红塔山"。打开发现少了两包,却有钱。数一数,不多不少一万元。这是谁干的?是送烟人干的。烟又是谁送的?什么时候送的?我是不收别人东西的。仔细一想,前两天晚上从工地回来,有人截住我,上我车和我说话,想承包某分部工程。我说已有几个施工单位在竞标,你也可以参加。届时,看谁的报价低,谁的方案好,就选用谁,活总是要有人干的。他下车时可能把"烟"塞到我包里了。第二天,打电话一问,果然是他。我说:"你赶紧过来,把东西拿走。"遇到这种事,虽然很生气,也用不着跟人发火,给他解释一下,人家愿意收回就行了。结果,他因报价较高,竞标输了,工程没拿到。

我退休前,大多数时间,都是在与金钱打交道。前前后后,从部队到地方,经我手花出去的钱,少说也有一个亿。我始终很清醒,国家的钱不能拿,别人的钱不好拿。一是一,二是二,公是公,私是私。感情归感情,原则归原则。做任何事情都要经得起检查,要把自己"甩"出来。

在部队,经费审批使用,我有决审权。也就是说,我同意花出去的钱,上级不会再审查了。转业到地方后,具体搞基建,工程给谁干,钱花到哪里,花多少,只给领导报告一声即可。领导越是信任，我压力越大。这是知遇之恩，士为知己者死，要为领导负责，也是为自己负责。几千万的工程，14个施工单位，工程决算，一个月搞定，经我手核减的也有300多万元，没有扯皮的。这与我平时的工作，与我的人格是分不开的。我用7300元买了一对石狮子，上级在核销时，硬说是石膏的，理由是太便宜了。当然，那是我从25000元"砍"下来的。平时一些小的工程，施工方糊弄不了我。因为我懂工程预算，会看施工图，施工方法和质量标准也懂一些。只要活干得好，我会按规定和定额结算的，不会没根据地"抠"人家。

收受别人的钱是最蠢的，本质上同妓女收嫖客的钱一样。有人不以为耻，反以为荣，收得如此心安理得，下贱地给人卖力，为他人谋好处。人家怎么可能无缘无故地送你钱？拍马屁是为了骑马，给你钱就是要利用你，为他谋好处。好处无非是两个，一是想获取利益，二是想扩大利益。他考虑用你能给他多少利益，来衡量你的利用价值。我们有个干部，去接兵，答应人家姐姐，说能安排弟弟到部队后学开车，还收了人家300元钱。可是，弟弟到部队后是否学开车，他又说了不算，结果弟弟没去学开车。那个干部叫人家告了，钱退还，撤职，按战士身份，"滚"回老家。我生平最讨厌两种人。一是说是非的人；二是自以为是，玩心眼占便宜的人。你收了他的钱，他偷工减料，要用最低的施工成本，得到更多的利润，你若再严把质量关，再看他怎样对你？他的期望值与你给他的利益不对等时，他就会告发你。两人做事无机密，收了他的钱，就把做人的主动权交给了他，会被他牵着鼻子走。我的人生格言是牢牢掌握人生主动权。尽量不生病，生病了听医生摆弄，自己没有主动权。碰到好医生，把你治好了，碰到技术不行的医生，会把你治死、治残。因为人人都会生病，所以只能说"尽量"不生病。但犯不犯错，是可以自己做主的，如果犯错了，就由领导摆弄，他可以"治病救人"，也可以把你"一棍子打死"，你就被动了。收了他的钱，告不告由他。犯罪了，由法院判。这都是失去了主动权，由人不由己了。请你吃饭，都有目的。凡事有因，因必有果，少给我弯弯绕。我至今弄不懂，一些高级干部怎么会被商人拉下水，难道不知道"慈不掌兵，义不经商"的道理吗？不知道孟母为什么搬家吗？

内退后，我买了一台小货车，跑了七八年货运出租，十块二十块地挣运费，以弥补因内退减少的收入。有了解我经历的人笑话我，说我多少搞点鬼，也不用现在这样辛苦。有人说我胆小，是部队培养的正人君子，死心眼，我都付之一笑，嗤之以鼻。他们不懂，我见得太多了，亲眼见到一些干部为了钱倒下了，何苦呢？

几十年来，我没有被人利用，没有被金钱所迷惑，始终洁身自好，牢牢地把握着人生主动权。

河沟里翻了车

20世纪90年代,各市直单位都要负责一个贫困村的帮扶工作,我们公司也有任务,并派出了一个科长和两名科员组成了扶贫工作队。根据村里的情况,公司想给村里建一所希望小学,校址选在一片水田里。老板叫我去看看,准备施工建学校。

到了乡里,吃过午饭,一行人准备出发。因为这次要定校址,下一步就要盖学校了,所以乡里村里都很重视,村书记、村主任,还有一个副乡长一同前往。我见人多,面包车坐不下,就不让司机去,我自己开车。

这个村在一条很长的大沟里,两边山很陡,没什么地,从沟底顺着沟自下而上,有一溜水田。水田的左边,沿山体一侧有一条手扶拖拉机走的路,很窄,离沟底有20多米高,沟里有水。我开着面包车紧贴着山体一侧走,因为进沟上行时司机驾驶位在靠山体一侧,所以紧贴山体,确保右轮不至于掉到路外。此前公司轿车进来过,但面包车轮距比轿车宽15厘米,当时我并不知道。出沟下行时,司机座位在河沟一侧,既要顾及左轮别掉沟里,又要防止右轮撞山,但我也保持了二三十公里的时速。回乡里吃晚饭时,副乡长说:"路很窄,你跑得很快,我的心都提到嗓子眼了。"为此,我还借故罚了他两杯酒,说他不应该不信任我。实际上我也没敢大意。副乡长坐在副驾驶位置上,路和车的宽度,他看得很清楚,他肯定紧张。罚酒只是开玩笑,要他多喝两杯,并无责怪之意。

我一看他们把校址定在水田里,我就反感。这个村的土地本来就很少,土地是农民的命根子,岂能随意侵占改作他用?但是,这是公司和乡里领导的意思,再说的确也没平地。我问了几个老人,老人们都说他们小时候就有这水田。我跟村主任说,找两个人挖一挖,看挖多深才见老底子。他们挖下去一米多,还没有见硬底。我说别挖了,心里已经有了否定这个方案的打算。按计划,要占用三片水田,高差十几米。晚上,在乡里加班概算了一下,光处理地基就要 10 万元,投资太大。当晚我向老板做了汇报,建议推翻原方案,重新选址。老板表示同意,并要我负责选址。

第二天,叫司机开车,我专心选址。走走看看,选了两个小时还不理想,又往前走了一段,也没有好地方。快中午了,就往回走,准备在已选的两个点中确定一个。

他们都急着先上车了,我最后一个上车,坐在靠门边的方便座上。车子起步之后,我右手伸向上衣口袋掏烟,车突然咯噔了一下,我意识到要翻车。因为出沟的时候,司机在河沟一侧,对靠山体的右轮位置估计不准,贴山近了会擦刮山体,贴山远一点儿,左轮就会掉沟,这就要求司机要时刻清楚四个轮子的位置。刚才,咯噔一下,说明碰到什么硬物体,这时就可能造成方向偏移,致车改变路线而掉沟。我迅速收回掏烟的右手,因为我前面没有扶手,只能把右手伸出窗外,手扣住车顶上的雨水槽。说时迟那时快,车子已经开始翻滚了。我头朝下时,下意识又收回右手,抓住座位。我一边观察车内情况,防止有千斤顶、撬杠、扳手之类的东西砸到我,一边在笑,笑我在外 20 多年,坐车、驾车无数,今天竟在这河沟里翻车了,让我体验一把翻车的感觉。接着车子滚第二圈的时候，我笑不出来了，有点儿害怕了，担心今天要出人命。车子滚第三圈时候，责任感油然而生，想着今天要死人了，将会给我们公司带来很大的麻烦。正想着，车已滚到沟底，躺倒在一个大石头上，再也不滚了。翻车的整个过程我都很清楚，唯一想不起来的是，我是怎么从车里出来的。反正我身上无伤、无尘土、无水渍，衣服整洁。再看现场，后面两个车门都离开了车子，物品甩得七零八落，人也趴得到处都是，有的满脸是血，有的头钻到石缝里，不知是翻车甩进去的，还是他自己钻进去的，反正人都在车外。村主任好像是扭了脖子，头一直歪着。村书记胳膊受伤，右胳膊成 45 度撑开不动。司机吓得站在那里，不喊、不叫，也不动，眼睛直勾勾地看着现场。一帮人坐在石头上哎哟哎哟地呻吟。

  我想笑又不能笑，懒得理他们。我考虑的是，今天虽然不是我带队，但我是科长，也是潜意识里军人作风使然，要想办法把车子搞到路上，把伤员拉到医院救治。我估计向下游走，再把车子弄上路比较容易一些，可向下看了一段，无可能。又返回往上游找路，发现有一条村民挑水的小路。但是，车子在下游，离村民挑水的小路还有 20 多米。最难的是，沟里都是大小不等的石头。村主任、村书记带伤招呼现场的村民帮忙，大家一起使劲，把躺在石头上的面包车扶起来了。我上车一拧钥匙，发动机还能转。我先告诉村民，我要往哪里走，我开车，叫他们或推或抬，保证四个轮子都在石头上，不能掉到空隙里。到达一个位置后，我再告诉村民我下一步要去的位置，再一起努力，或开或推或抬，以此类推。大伙热情很高，一群人簇拥着面包车在河沟里"扭起了秧歌"。还是人多力量大，折腾了一个多小时，终于把车搞到挑水的小路上了。我把车从挑水的小路开上拖拉机走的小路，经过刚才翻车的位置，开到扶贫队员住的地方，他们早已做好了饭菜在等我们。

趁大家吃饭的工夫，我把面包车检查了一遍，大梁有点儿变形，方向有些僵硬，制动系统没有明显漏油，还能凑合着开。我用绳子把甩掉的两个车门捆绑到车顶上，再用绳子把两边的门拦上两道，防止把人甩出去。收拾停当，便把伤员拉到乡卫生院，请人为他们包扎了伤口，做了简单处理后，我就着急要往市里赶，我是怕有人内出血。可有人喝药要用开水，又要等水凉了再喝药。我那急性子又上来了，吼叫着，叫人们立即上车出发。我从昨晚上到现在都没有好好休息，但我依然不能休息，我还要安全把人拉到市里诊治。老板派了几台车来迎接我们，伤员都被转到小车上，直接拉到医院检查。老板让我也检查一下，我说我没问题，不用检查。老板说越是觉得没事，才越要检查，非要我做个 CT，花的检查费最多。其他人多是外伤，只有一个工程师小腿内出血，住了三个月医院。庆幸的是，车是刚起步，车速不快，要不然会出大问题。老板给我们摆酒压惊，其他人吃得香，我却一点儿也不想吃了。因为紧张的心情放松以后，没有精神支撑了，人就垮了。

事后，老板对我大加赞赏，还给我奖了一级工资。

别用我的控制点

一大早,我来到工地,发现施工方和监理方,在使用我的场外控制点来定位轴线。我当即火冒三丈:"浑蛋!谁叫你们用我的控制点的,你们还是用你们自己的吧!你们真丢人!不是专家吗?不是内行吗?"我大声叫骂了半天,工地上一片寂静,鸦雀无声,没人理我。我为什么要叫骂?又为什么没有人出来说话呢?因为我有怨气!建场外控制点,是我主张的,目的是便于我检查他们的轴线控制情况。因为高层建筑,轴线控制十分重要,轴线是定位放线的重要依据。它是确定建筑物主要结构构件位置和尺寸的基准线。要保证各楼层的墙、柱在相同轴线内。可是,建场外控制点,需在4个方向上做标记,形成能前后通视的坐标。因为一个人搞不成,必须求助于他们。一个人看经纬仪,一个人到场外去做标记。因为那时候没有手机,也没有对讲机,只能靠喊,远了听不清,中间就要有个传话的人,连喊带比画,蛮费劲,他们又都认为没有必要建场外控制点。他们坚持要用传统的方法,在一楼建个控制点,每层楼用吊线锤的办法,确定轴线位置。我嘴上没说,当时就怀疑他们高层吊线锤的可行性。在我建场外控制点时,他们没有好好配合我,而是在我软硬兼施,跟他们好一阵磨叽之后,才把场外控制点建起来了。现在,他们知道自己方法不好用,没有经过我同意,就来用我的,而且两种控制方法只剩一种了,我岂能轻饶他们?所以,他们也自知理亏，任我叫骂，也不答话。

另外，之前还有人说我"现买现卖"。意思是说，我从他们那里学了东西，又用这现学的东西，反过来监督、检查他们。我当时就回敬道："我那不是在请教，而是用这种办法提醒你们，给你们留面子呢！既然你们认为我是在请教，以后不会这样了，走着瞧。"他们一直认为我是外行，嘴上不敢说，心里就是这么想的。一次，有一个尺寸，他们没有记住，施工方问监理方，监理方又要回去看图纸。我说别耽误时间了，是 700 毫米。后来一看图纸果然是，他们很惊奇。几百张图纸的数据，我又有其他工作，咋记得如此清楚？哼！就不告诉你们，聪明人自有聪明人的办法。其实，昨晚我估计今天要进行这部分的施工，就提前把图纸看了。所以，基于这两个原因，我抓住他们小辫子了，岂肯罢休？必须要好好地发泄一通。的确，随着楼层增高，铅锤的吊线越来越长，加之有风，线锤晃来晃去，很久稳定不下来，到八楼就更不行了。他们做了一个十公斤的不锈钢吊锤，用细铁丝吊着，还是不停地晃。所以他们未经我同意，就用了我检查用的场外控制点。

但是，我是甲方。保质保量按计划完工，才是我的目的。我骂了半天，见没人跟我对着干，也无趣，只好作罢。场外控制点，他们要用就用吧！反正也是他们帮助建起来的，只要有利于建筑施工就行。骂几句出出气，也叫他们老实点，就行了。之前也骂过，大楼建到两层时，我去检查他们做的沉降观测点，发现大楼基础未降反而升高了，我指着相关人员的鼻子问道："你说，大楼为什么长高啦？"他哑口无言，只好找原因，补充观测点。我还派专人盯着数他们的钢筋，少放一根都不行，钢筋工一点儿也不敢马虎。墙、柱、梁浇筑不符合质量标准的，统统砸了重来。目的就是叫他们认真，自觉把好质量关。说心里话，他们还是蛮听话，蛮配合的。

大家相互配合，团结一心，搞好工程施工才是正道。

我患了脑梗

早上起来去跑步，刚走出单元门，就利利索索、实实在在地摔了一跤，我不明所以。

爬起来，前后左右都看了一遍，并未发现能绊我摔跤的物件。身上不痛不痒，只是觉得左腿有些异样，活动一下又恢复如常。我去跑步回来，小区门口有个小诊所，顺便去看看。诊所里有一中年妇女，大概是医生，看见我后惊呼道："哎呀！你这是患了脑血栓啦！你嘴都歪了啊！赶紧去医院。"她边说边递给我一瓶丹参片。我觉得无关痛痒，大惊小怪是医生的一贯作风，我过去遇到不少。其实，我也不知道脑血栓是啥病。我小时候见过嘴歪的人，听老人说那是中风了。我心想，今早上也没有风，我咋能中风呢？今天还有好多事要干，要起草并签一个购设备的合同，昨天的工程会议纪要也要整理打印出来，就没去医院。吃点儿丹参片，干了一天活。

第二天起来，觉得晕乎乎的，想起"听人劝，吃饱饭"的俗语，觉得还是应该去医院看看。我跟分管行政的副总请了假，开"桑塔纳"轿车，送副科长去工地，给施工方和监理方交代了一下，就开车去医院。半路上有本公司的一个司机，拦住我的车，他也要上医院，正好同路，那就一起走。中途车老往左边跑偏，似乎左手没感觉。有两次跑偏得很厉害，坐在旁边的本公司的司机大声喊道:"车跑偏了!"我用右手打方向盘把车拉回来,左手不知推送了。到了医院,我鬼使神差地挂个神经内科的门诊,接诊的是个主任医师,他看看我眼睛,敲敲我膝盖,用牙签划划我脚掌。又叫我抬抬胳膊,还叫我使劲握他的手。一套动作做完后,他说:"脑梗死,马上住院!"边说边填住院表格。我说:"我要把车送回去,我住院,车不能住院,别耽误别人用车。"主任医师转头直视我,厉声说道:"你好大胆子,还要把车送回去!"我不明就里,回敬道:"我开车来的。"他歪头斜着看了我一眼说:"嗯,你是英雄,马上住院,不能动车子!"

办完了入院手续,还没有进病房,住院部的医生就吵吵着要打针,并叫家属签字,说是打溶栓针时可能发生意外。我说家属没来。我一抬头,发现分管行政的副总正站在我跟前,我喜出望外,就跟医生说:"这是我们单位的老总,叫他签字。"副总连连摆手说:"我不行,我不行!"我说:"我活是单位的人,死是单位的鬼,有何不行?"副总说:"医生叫家属签字,我叫司机去接你家属。"副总走了,紧接着我一个侄子来了,他也在这家医院上班。他没上句没下句地说:"我是他侄子,我来签字!"医生护士动作很快,我抢着上了一趟卫生间,到病房就把吊瓶挂上了。等副总把我老婆接来,吊瓶也打完了。本来是要打两瓶的,吊了一瓶半的时候,接诊的主任医师专门从门诊部跑到住院部来,说剩下的半瓶不打了。他像老朋友一样,走到我病床前,安慰我说:"少打一点安全些,瘸一点儿都可以,不能把血管弄破了。这病要抢时间,更不能动车。"

当天下午,我的病情有所加重,左侧肢体无力,甚至没感觉了。上卫生间左腿站不起来,身体直往下瘫,需要有人在左侧支撑着。我意识到了严重性,听人说这就叫残疾人了。躺在病床上,回想今天以来的情况,有太多的凑巧。首先是副总为什么会突然出现在我眼前,他也是来看病吗?来看与我相同的病?是他不相信我病了,或者是不放心,跟踪而来?那么,我去工地、挂号看病时,他又在哪里呢?谁告诉他我在这里的?二是我侄子是儿科的医生,他突然跑到神经内科住院部来干什么?谁告诉他我来这里啦?三是接诊的主任医师在门诊部上班,怎么又跟到住院部来了,我与他素不相识,他怎么像是老朋友一样如此关照我。是谁安排的?这大概又有贵人,看我住院了,就通知相关人员到场照顾我,他们也就在冥冥之中,来到了我跟前。我也在想,多亏那瓶丹参片,如果没有它,情况会更严重些。

住院了,有时间想过去的事情。

今年以来,我总感觉身心疲惫,路也走不动,腿总是拖着,眼睛好像睁不开,头晕乎乎的,脾气也大了许多,总想骂人。只认为是累的,休息一下就好了,可哪有时间休息。有的时候太累太困了,就偷跑回家,想睡一觉。结果不是电话追到家,就是人追到家,咣咣咣地敲门。和我们一个系统的单位,建类似的高层楼房,人家的基建班子十几个人,最少的也有八个。管预算的、管材料的、管现场的、管采购订设备的,分工明确,各负其责。我们只有两人,我把材料验收分给了副科长,其他工作都是我的。当然副科长也兼顾现场,晚上我在现场盯到凌晨两点,早上八点继续上班。腿在不停地上上下下,嘴在不停地唠唠叨叨。我又是一个事必躬亲的人,觉得每个工作都很重要,都要认真做好才是。主体工程接近尾声,开始着手进行附属设施、开山场地、道路的施工,要做预算、选择施工单位、签合同,还要注意各施工单位之间的配合、衔接,设备要考察、订货、签合同,组织进场……我实在累得不行,多次向老板们提出增派人手,老板们也知道我辛苦,可是他们给的人我不想要,我要的人他们又不给,也不能怪他们。我只好一直咬牙坚持着,没想到就患了脑梗死,半身不遂了，才 47 岁。之前曾有人提醒我，当心老板卸磨杀驴。我说，不会的，老板对我好，也信任我。

我在医院住了两个月，"桑塔纳"轿车也在医院住了两个月。住院之后，有半个多月，下不了床，生活不能自理，后来慢慢可以下地走动了。我跟副总说："把车开回去吧。车是公家的，放这儿不用是浪费，别人想用车却无车可用。"副总说："车就放在医院，你想上工地看看，有车方便。"我能动弹了，就上午打吊瓶，做电疗。下午开车上工地看看，跟监理和施工单位交换意见，有时也会生气或发脾气。我意识到，这样不行，不利于疾病的治疗和身体的恢复。我劝自己，不要过于着急。我左腿依然无力，可"桑塔纳"轿车的离合器又比其他车的离合器重，多少年之后，左腿仍然一瘸一拐的。

我出院之后，老板们希望工程按合同约定的时间交工。当时工地上有 14 个施工单位在施工，我把工作重点放在施工单位之间的协调、配合上，防止他们互相影响，互相扯皮，这样就加快了工程进度。室内装潢工程和主体的竣工验收，我过问较少，有副总张罗。我转向工程决算和土地纠纷处理上，慢慢地退出了基建工作。

工程决算完毕后，我又去当审计科长，兼打土地纠纷的官司，身体一直都没有得到休息和恢复。直到公司有内退政策后，我才毅然决然地选择了内退。

邻里之争

我们规划的建设项目即将竣工，开始室内装潢、场地和附属设施的施工。在砌筑西侧围墙时，西侧的一家用地单位说我们占了他的土地，阻止我们砌筑围墙，还把我们告了。

山区划地界，不像平原地带，四至界线划四条线，钉四个桩即可。山区划地界都是在高低不等的山上，不好丈量，更无法画线，还有一个开挖整平的过程。所以，主管部门出具个用地图，图上标有参照物或坐标，从哪里起，到哪里止。用地单位根据用地图，再按照规划部门给定的建筑标高，开挖、搬运山体，弄出一块平地，用来建房。建设项目完工后，土地主管部门再来验收，实地丈量，根据实际使用的土地面积，才正式颁发土地证。起初只给一个用地通知单，证明是行政许可的，地界也只给定了一个范围，并不具有法律效力。也就是说，在建设项目完工前，土地主管部门验收、发证前，用地面积和用地界限是未确定的，这都不构成有效证据，对方告状有些早了。

用地单位在开挖山体时，不能像切豆腐块那样垂直下切，而是要有一定的坡度，不然山体会塌方。首先要确定放坡的范围，一般情况下，会根据地质条件，采取1∶1放坡，即每降低一米，就向外放出一米。我们按照规划部门给定的建筑±0标高是253米，而我们山地的标高是292米，我们需要把山地标高降低39

米，那么就要向外（或者说是向别人的地块）放出 39 米后，再向下开挖，才能保证坡面的角度是 45 度，而且四个方向都是如此。我们开挖山体时，西面和北面的用地单位还没有开挖，所以我们就要精确测量和准确计算，不能挖多了也不能挖少了。挖少了，只有一种结果，自然是自己吃亏，100 元买的土地，只用了 90 元的。挖多了就有两种结果：一是如果临界的土地没有人征用，那就是增加了自己的用地面积，体现了"谁开发谁使用"的原则；二是如果临界的土地，有人征用了，虽然如前所述，真正的地界是在验收、发证之后划定的。但是对方咬着不放，主管部门再不管，那就不是"谁开发谁使用"了，而是给别人做了"嫁衣"。告我们的人，算的就是这个账，见我们山体开挖、搬运完工，场地已整平，就想来占便宜。

再就是先行开挖山体的用地单位，是吃亏的。因为，要保持一定的坡度，就要把别人的山地削掉一块，对方再开挖、运输土石方时，就减少了很多土石方量。

因为在开挖山体时有一些不确定的因素，领导心里没底儿，担心我多开挖了，问我这官司能否打赢。我回答说："这不好说，也有占理输官司的。打得赢打不赢，我都得打，毕竟我是单位的'代理人'。地是我征的，地是我开挖的，地是我用的。我躲不了，推不掉。"只是刚患过脑梗死，住了两个月医院，还需要时间恢复。工程即将竣工，一些收尾工作，一些已交工的施工单位的工程决算都要我去干。本来很忙了，还要出庭应诉，真是要命。

第一次开庭，对方连一些基本常识都不懂，连征地的程序都说得不对。我忙得不可开交，哪有时间听他胡说八道，我说到气头上，就开骂了。法官提醒了两次，我也懒得说了，毕竟血压又上来了，脑梗死还在恢复期，我要尽量控制好情绪。法官问了，我再说。反正，我心里有数，主管部门的文件、图纸都摆在这里，我没占用你的土地，你还能说出花来？但是，我也知道，有理输官司的情况不是没有。对方的主管单位是行政部门，包括土地主管部门、法院都可能偏袒对方，我们一个企业单位明显是弱势。单位给我派的律师和助手，他们也不了解情况，专业性的工作也不懂，还要我把来龙去脉、主管部门的工作程序和规定，一遍一遍地给他们解释说明。法庭上我是主诉，我的压力很大，如果我们输了官司，单位利益受损，我难辞其咎，老板一定还要找我算账。你花单位的钱，给别人开挖了土地，这钱谁负担、怎么处理，到那时可就由人不由己了。一个从部队转业到地方时间不长的人，虽然说回到了家乡，其实是人地两生。加上工作忙、脑血管病变、血压高，周围也不乏等着看热闹的人，当时处境不言而喻。

政府主管部门划界的方式就是两种，一是参照物，二是坐标。我懂坐标，只是没有"全站仪"，测不出坐标值，无法与图上比对。稳妥起见，我在开山前就找到权威测量部门，把我们用地的四角的坐标值都测出来，我在实地做了记号，在图上标上坐标值。这样院子的任何一点，我都可以自己测算出坐标值。我还找到了前、后、左、右相邻单位的用地图，与我们的用地图放在一起，拼接比对，并实地丈量相关尺寸，也一一记录存档，做到防患于未然。

不出所料，对方找到土地主管部门，主管部门出面干预了。土地主管部门一会儿说征地划界是用参照物，一会儿又说征地划界用的是坐标。我心想，不管怎么说，你自己出具的文件和图纸，现在你收不回去，在我这里是有力的证据。按参照物，我们和相邻单位的图纸能拼接到一起，实际尺寸与图上相符，且双方认可。按坐标，我们实际占地均在给定的坐标范围内。土地主管部门也来实地测量了两次,均未提出异议。主管部门见我们证据、资料齐全,便不置可否。对方又联系北面的一家用地单位,参加进来,两家对付我们一家。实际上何止是两家呢?

我们单位领导也积极联系新闻媒体单位,求得舆论监督,希望得到公众的支持。电视台跟踪报道了这件事,甚至市长也过问了。

之后,又开了两次庭,对方提供不了新的证据。打了一年多的官司,最终还是以我们胜诉而宣告结束。

同心协力

上了几十年的班,养成习惯了。

快到年底了,就要把年度工作计划再捋一捋。检查一下还有哪些计划没落实,哪些安排没实现,免不了要"加班""冲刺"。

人生也有终点,到了这把年纪,也总在想还有哪些事没有完成,还有哪些夙愿没有实现,不能光想到养老,把该办的正事忘了。

父亲去世 30 多年,母亲去世 20 多年了。他们的坟虽然修缮过一次,但还不牢固、不完善。立的碑是我和我的兄弟姊妹们自己用水泥浇筑的,碑上的字,是我自己写的,自己拓的,姊妹们帮着刻的。由于是冬天,碑面冻了,坑坑洼洼,字有缺损,不像回事。必须刻正式的石碑。

墓志铭是我按正规要求的内容写的。

还把后续的 20 代派语也刻在碑上,便于后世传承。因字数较多,又把父母亲的照片雕刻到碑上,故耗资过千。

碑刻好后,择大寒动工。

兄弟四个都应约到齐。为了修缮父母的坟,大家不计前嫌,克服自己的困难,第一次出现同心协力的情况,真的是难能可贵。

大哥还要伺候病妻,大弟的孙女刚满月,我和小弟吃住在大弟家，前后半个月，多有打扰。大弟还雇请了工人，帮了两天忙。弟媳、侄媳都帮了忙。小弟在云南打工，被我叫回来两次，多花了路费。他还买了几车沙子，也雇请了工人。快完工的时候，二妹和三妹都来帮忙铲土、擦拭碑面和装饰物。

不光是我们兄弟姊妹们同心协力，叔伯兄弟、小爹、婶、弟媳也都倾力帮助。我和小弟也在小爹家吃住半个月，他们还把作息和吃饭的时间改了，跟着我们的作息时间走。最后完工了，小爹、婶还做了许多好吃的，以示祝贺。

由于坟前修了村通公路，坟前形成了近一米高的土坎子，严重威胁到坟的稳固性。所以首先要驳一个石岸，固定住父母的佳城。正值三九天，那年也特别冷，兄弟四个干起活来还经常是汗流浃背。没有图纸，没人要求，都是自己"看着办"，缺什么补充什么。需要做什么，就立即有人上手，搬石头，和水泥，都抢着干。不等，不靠，不问，一切都是有条不紊地进行。足见兄弟们的同心协力。

头年冬天，只把岸砌起来了。快过年了，兄弟们相约第二年清明再继续干。

第二年清明，兄弟们又如期而至。先把碑立起来。好像在我们那个镇，还就是我们先给父母立碑，过去也没见过别人怎样施工。我们有自己的施工方法。先把碑立起来，调整好朝向和垂直度。把碑固定好之后，在后部和下部浇筑细石混凝土。然后，对称地向两侧修墙，贴瓷砖，贴父母亲的瓷砖照片，还贴花色瓷砖。然后把墙又对称向内折成 108 度的夹角，向前形成一个簸箕口。墙的上沿略低于碑的上沿，墙头贴墙上装饰瓦，墙端头有装饰品，碑上面有门楼式碑冒。佳城正面看浑然一体，很大气，很漂亮。花钱少，却也费了不少功夫。搞什么样式的，都是我自己设想的，当然我也专门去看过别人搞的样式，但是只有我自己心里有数，我没有给他们三个说过，其实也说不清楚，所以他们并不知道我要做成什么样式的。但是施工中，没有出现弄不明白和不知道怎么办的问题，也没有出现"撞怀"的情况，配合得都很默契，连互相沟通都少，更别说争吵了。至今想起来，还有些不可思议，这种心照不宣的状态大概也是来源于兄弟们的同心协力。

大家也都主动发挥自己的能力，为给父母修坟贡献自己的力量。正面瓷砖都是大弟贴的，坟周围的抹灰都是小弟所做，大哥也积极地干自己力所能及的粗活。

头年冬天做了半个多月，第二年清明又做了半个多月，加起来一共耗时一个多月。

我倒没啥事，可他们几个都很忙，大哥要照顾病人，两个弟弟还要忙着挣钱，耽误了挣钱的时间，还要花钱。

给父母修坟立碑，是对父母的纪念和追思，便于后人祭拜，有利于家族的传承，本身是尽孝道的表现。兄弟四人为此再次聚在一起，同心协力，增进了团结，完成了自己应该完成的事情。不管是花钱也好，出力也好，都是应该的。我们给后人做了表率，也得到了众人的认可，我有一种如释重负的感觉。

帮妹妹争曲直

天还没亮,突然接到三妹的电话,说她上大学的儿子,现在医院抢救,已经报病危了。我立即赶过去,在抢救室门口见到三妹,她一直哭,也是刚刚从家里赶过来的。我们只听说人是从三楼上摔下来的,是学校把人送到医院的,具体什么情况还不知道。

三妹的儿子脱离危险后,我才慢慢把情况弄清楚。

原来那天晚上,三妹的儿子参加了同学的生日宴,生日宴结束后,在往回走的路上,因为天黑不小心踩到了积水,水溅到了紧随其后的同学身上,被该同学辱骂一通。三妹的儿子很委屈,很生气,同宿舍的另外三个同学见状,就四人一起去找那个同学理论。因为不知道那个同学的名字,只听说是体育系的,四个人就去体育系宿舍找。当他们进到304房间时,被人推搡出来,在304房间门口,遭到一帮同学的围殴。三妹的儿子及其同学四人,见对方人多,又是在别人的地盘上,就一直不敢还手,只好往其他房间里躲,结果又被拉到走廊上打。躲进去,被拉出来打,躲进去,又被拉出来打。三妹的儿子就躲进厕所,并想借窗户外的落水管逃跑,不慎摔成重伤。

我把情况弄清楚后,觉得这官司好打,因为三妹的儿子无大的过错。可三妹夫说:"他自己找上对方门的,二一添作五,各负一半责任。"我说:"放屁,我们的娃子无大错,三分之一的责任我们都不负。"我劝三妹夫:"开年了不要出去打工,你们两口子一起替儿子讨个公道。反正你这么多年也没有正规地出去打工,不在乎这一年半载的。"三妹夫不听劝,过完年又外出打工去了。我见他如此也懒得管。他当爸爸的不管,我当舅舅的就非要管吗?让妹妹去蹦跶吧,就是苦了她了,她还得带个4岁的小儿子。

三妹请了律师,将学校连同打人的10个学生作为被告,向当地法院提起诉讼。请求法院判令被告赔偿各种医疗费用54万元。第一次开庭,我见律师没说到点子上,之后我们向她表达了自己的意见。第二次开庭,法院作出了判决:学校赔偿10万元,10个打人的学生共赔偿10万元。但学校和打人者均不服本判决,遂向中级人民法院上诉。三妹问我怎么办?我说我们也上诉。

当时正值夏天,三妹他们租住在一个小房里,没有风扇,晚上三妹只能睡地上。三妹风里来雨里去,顶着酷暑,不停地找学校、找派出所,求爷爷告奶奶,希望学校按法院判决执行。学校不仅不赔,还要三妹偿还14万元的抢救费。学校相关人员恶语相向,恐吓、威胁,甚至推搡三妹。校方律师还说三妹没有教育好孩子,说他自己的孩子如何优秀。我在场,对他也没有客气。什么狗屁律师,这与案件有关吗?我说:"一个人什么都可以吹,唯独孩子不能吹,连这规矩你都不懂。"为了求得政府的帮助,三妹天不亮就带着4岁的孩子去排队,等候定期接访的市领导。

在中院受理上诉案件期间,原审法院把原告、被告又叫到一起,进行最后的协商。法官希望被告方按判决执行,法官近乎乞求地说:"你们就当是扶贫吧。"学校连同那10个学生,根本不理法官,我很气愤。一气法官自损形象,竟用乞求的口气,跟被告说这种毫无道理的话。二气被告不承认错误、不想承担任何责任的恶劣态度。我一看这官司打到了山穷水尽的地步，很难起死回生了，我要帮帮妹妹。法院协商无果，我随法官到他办公室，对法官说："你不能这样跟他们说话，有失身份。要进一步弄清楚案情，不抓住他的尾巴，你的协商是苍白无力的。人家凭什么扶贫？我也不稀罕谁扶贫！"法官见我很气愤，便说："卷宗一大本，近期案件也多，的确没有时间细细研究。"我说："我给你写，只写两张纸，麻烦你看看。"他说："你写来给我。"

第二天，我把案卷从头到尾细捋了一遍，首先是抓住几个时间点：一是学生围殴时间持续一个多小时，学校自始至终没有人控制和干预，说明学校管理失控，流于形式。二是学校拖延37分钟才报警，这是为什么？三是入院记录明确记载："高处坠落致伤颌面部3小时余。"人命关天，学校为什么拖延3个小时才将伤者送往医院，且"当时未行任何相关处理"。其次，三妹的儿子及其同学4人，未到过10名被告的房间。有些被告供述："我看他们都动手了，我不动不好。"还有的说："不打他们，怕别人说我。"这哪是学生所为？这还是校园吗？我写了两张纸的案件基本情况，送给庭审法官。

没过几天，学校要撤销上诉状，并要求三妹也撤诉。

我们就提出了撤诉的条件：一、学校负担前期抢救的费用14万元；二、原告前期在学校拿的钱由学校自理；三、学校执行法院判决，赔偿10万元；四、学校协助我们追讨10个学生的赔偿款，计10万元。学校均予答应，并要求签一个一次性处理、今后不再追究的协议。我看差不多了，三妹前前后后打官司3年，也很累了。三妹夫也在外打了3年工。我身体也不好，就此了断算了。签今后不再追究的协议时，为防止学校不在协议上签字，使协议变成三妹的保证书，所以特意请大妹的姑娘帮忙，因为她认识校方代理人，我教她让校方先签字，校方签字后她抢先拿一份，装入衣兜，谅校方不敢来抢。

至此，官司是赢是输，都该结束了，三妹的儿子自己承担的不到三分之一，达到了我的预期。再接着打下去，恐怕也没有多少好处。打官司太累，太熬煎人，亲戚朋友也都帮了忙、尽了力。有这个结果，已经可以了。至于是不是三妹夫电话指挥得好，没必要研究，我们只要结果。

再建落脚点

人一上了年纪，思乡的心更切。

每过一段时间就想回出生地看看，可是回去又没有地方落脚。

父亲去世后，我就操心给家里盖房子，把手表卖了，又借了几百元钱，凑了460元钱寄给大哥。算我出钱，大哥、大妹、两个弟弟出力，盖了两间土墙房。

1975年年初，我就听说六七月份要召开中央军委扩大会议，确定军队干部今后是"哪来哪去"，还是国家给安排工作。我想等到会议确定军队干部的去向之后，再回去探家，并决定是在农村找对象，还是找个有工作的对象。没想到，4月份家里就发电报，说母亲病了，我就只好提前探家。到家后才知道是大哥闹分家，把我骗回来。小爹还主持了我们的分家会议，我的计划就这样泡汤了。我结婚的时候还欠600多元钱，只能婚后叫发妻帮我还。

后来三个弟兄不团结，两个弟弟又各自到别处建房。

我出钱建的房子，就被扒了，椽木檩条都被拿走了，土墙圈也推倒了。我就成了"无本之木"，仿佛飘在空中，没处落脚了。

所以，我每次回去就去麻烦叔伯兄弟，住他们家。好在小爹、婶、弟媳都仁义厚道，不怕麻烦。可我总是过意不去，就想着要再建一个落脚点，来去方便，免得麻烦叔伯兄弟一家。

一开始，我想把四兄弟凑在一起，在老屋场，每个人按统一样式，各盖一栋房，组成一个四合院。按照各自属相确定各自房子朝向和位置，这样做的好处是提升家族在当地的形象，因为房子比人的寿命长，时间长了就成了"蓝家院"了。还可以吸引晚辈常回来走动，成为他们旅游的目的地。但是，小弟说当初就是因为闹意见才分开的，不愿再往一起凑。大哥的儿子不愿意，大哥的态度也变了。我和大哥、大弟还实地丈量过，因为大哥的房子是斜的，要建四合院，须把他的房子扒了重建，位置也不太够。这个计划就无法实施了。

小弟一家出门打工多年，农村的房子也垮了。小弟去世的时候，没地方办丧事，我还跟大哥说好话，借他的地方办。因此，我建房的事就正式提到日程上了。小弟不在了，我就想和侄子们一起建，建好后分给我两间就行了。两个侄子都很热心，帮助选址丈量。但是宅基地要他们申请，有了宅基地我才能动手建房。好像小弟媳不太积极，我看指望不上，就想单独建房。

同村里说好了，宅基地就选在大哥的菜地里。

三个妹妹、大妹夫、二妹夫、大弟，都很高兴，一齐来丈量土地。建房需占地半亩，按村里说的每亩八千元的标准，需要给大哥五千元补偿。可是晚上大哥给村里打了电话，村里就改口了。

这事又"砸锅"了。我正在生气呢，大弟跑来说："有人卖房子。"我问："是谁的房子，多少钱？"大弟说要4万。我说太贵了，叫他减价。大弟给对方打电话，说3.5万，不能再少了，我说行。我说那个房后好像有坟，小爹说："没有，那房子原来是我女婿的。"我一听，小爹女婿的房子，应该差不了，就下决心买了。大弟去找人借钱，并通知房主来收钱交房。

我和房主签了购房协议,村里领导在协议上也签了字。不到两个小时,交易全部结束。原房主收了钱,把有关证件交给我。他只拿走了两床被子,其他东西一概不要。

这是 2015 年 6 月 1 日。

我有了落脚点,大家都高兴。开伙的那天,三个妹妹来了,三个妹夫来了,大弟媳来了,大弟、小弟的儿子来了,大弟的女婿来了。大家一起动手,把里里外外彻底打扫了一遍,桌子、椅子、柜子统统洗了一遍。三个妹妹掌厨,要宴请左邻右舍。侄儿、侄女婿张罗着桌凳,帮我接左邻右舍的客人。我和二妹夫自编了一副对联:"少年卫国去边关,华发赋闲回故乡。"上联是二妹夫坚持要改的,我原来的是"少年离家闯天涯",他说有点儿凄惨,正能量不够,虽然我认为这是符合当时实际的,但最后我还是接受了他的意见。我执笔写,妹夫们手忙脚乱地帮我把对联贴上了。

一共来了 20 多个客人,左邻右舍基本都来了,都给了面子。

我事前言明不收礼,可他们都带来了烟花或鞭炮。开席了,侄儿们把烟花爆竹点燃了,噼里啪啦! 嘭! 嘭! 嘭! 很是热闹。烟花多,放不完,我还留了几个,等过年了放。三个妹妹的手艺不错,弄了十几个菜。酒是我带上去的,客人都很高兴,我也高兴,我当兵走的时候,他们送钱、粮票和烟,父母亲病故他们都操了心出了力,我还没有报答他们。今天借此机会宴请了大家,也算聊以自慰。

光顾着高兴了,高兴过后,才静下心来,仔细看看房子。有几根檩条断了,有几个地方漏雨,都是用脸盆接着的。外墙歪得厉害,没有后檐沟,下雨无法排水。后面还有一个坟。不过我只是把这里当成回故乡时的落脚点,也算是"驿站",所以无所谓。

不管叫什么,房子亟须维修,须分轻重缓急,一步一步地进行。先由大弟领着他妻侄女婿,把后檐沟清理出来,靠山一侧砌上石岸,挡住后山的土,然后在后墙一米以下处贴两层防水布。这些措施能对房子起到很好的保护作用。

买了檩条,把旧檩条全部换下来。把前檐的泥瓦增补到后檐,前檐用新上市的挂瓦,椽木也补充了三分之二新的。一共干了4天,用工29个。几个妹夫自始至终都在帮忙,三妹做了4天饭,大哥和大弟的亲家也帮了一天忙。如果是建新房子,用不了一半的工,因为这多了一个"拆"的事情,还不敢放手大胆地"拆"。建落脚点的目的,本来是想减少对叔伯兄弟一家的打扰,这次修房子又给他们找了许多麻烦,实在是过意不去。

其他零散的活都是自己干。我自己加工了部分椽木、楼板、换电线、走水管、修卫生间、粉刷内墙、外屋檐吊顶、升高厨房空间都是自己干的。我还学会了抹灰,发妻也跟着忙了几天。后来,钉楼板、换后檐的瓦都是四个妹夫帮着干的。如果是建新房子也不用这么费劲。

我有几点感想:一是从我想再建落脚点到我买这个破房,姊妹们、妹夫们都很高兴,都很支持,都实实在在地出了大力,我很感激他们;二是左邻右舍还记得我,也给了大力支持;三是买个旧房子真比建一个新房子要麻烦很多,也多花不少钱,多费不少劲,还麻烦一圈人,有点儿得不偿失的感觉;四是娘有爷有,不如自有,自己有了才踏实。

给小弟修坟立碑时,我没有再去麻烦叔伯兄弟一家,这也是我再建落脚点的初衷之一。

再建落脚点的其他目的也基本达到了。

第五辑 人生感悟

事物的有机联系

"打狗要看主人面"这句话，大家都懂。不过有些人，只把认识局限在打狗要顾及主人的感受这个层面上。其实，世界上任何事物，都和周围的事物有机地联系着，没有孤立存在的事物。

现实生活中，有些人，他们想办事，却"没门儿"，就会给人送钱送物。因为，人离不开钱，没有钱不行，人们都喜欢钱，钱和人是有联系的。你送他喜欢的东西，他自然就会喜欢你，二人之间也就扯上了联系。所以，一些爱占小便宜且手中有点儿权力的人，会收人钱物，替人办事。可多数人偏偏不吃这一套，铁面无私。反倒使送礼的人，弄巧成拙，本来能办成的事，反倒办不成了。也有一些行贿之人却不硬碰，拐个弯，搞迂回战术。因为"官人"与夫人是有机联系在一起的，拿下了夫人也就拿下了"官人"。所以，就给夫人送钱送物，大姐长阿姨短地一叫，甜言蜜语一起上，夫人先自晕了。一见人有礼貌，又有钱物，自然会多吹枕边风，为行贿之人打开通道。这就把个别手中有些权力的人害惨了，他们本来是有原则的，是不会犯错误的。可行贿之人把"矛盾"送到家里了，他们顶不住夫人的软缠硬磨，为防止后院起火，便息事宁人。就这样一步一步地被夫人拉上了不归路，一些领导干部，用几十年辛辛苦苦奔到这个位置上，如此一来，他们付出的努力和获得的成就就付诸东流了。

20世纪70年代末,彩电、录音机刚刚面市,很紧俏,想买要有关系、要有计划指标、要有购物券才行。A、B二君神通广大,能买到,而且合谋想用公款买四个喇叭的录音机。那个时候录音机十分紧俏,何况是四个喇叭的。过去人大多没见过这玩意儿,它能把人的声音录进去,放出来,很多人第一次听到自己的声音,乐不可支。它还是日本原装进口的,外国货,更是稀罕,当时的市价是750元,而当时人们的工资一般每月只有几十元。要想用公款买,自然是要打通"财务报销"这一关,把购货发票拿到单位财务上一报销,就等于公家掏钱了。可单位财务的C君这小子,心高气傲,不好说话,平时就不爱搭理A、B二君。但C君对媳妇好,夫妻关系融洽。A、B二君如此这般地商量对策,当天就买了三台录音机,晚上拿上一台,二人一起来到C君家里。一阵寒暄之后,A君说:"我们下午在五金公司拿了一台,你们先听听,喜欢了就留下,不喜欢了,明天就退回去,反正五金公司有熟人,好说话。"可C君一听急眼了,吼道:"你赶紧拿走,别放到我这儿。"双方各执己见,一个要留下,一个叫拿走。此时媳妇发话了:"明天早上再拿走也行。"A、B二君一走,媳妇就按捺不住激动的心情,要试听。这不要购物券,又是外国货,送到家了,能不高兴吗?夫妻二人越摆弄越喜欢。C君虽有些不情愿,但很久没见媳妇如此高兴了,不忍心扫媳妇的兴。第二天早上,A、B二君开了别的物品名称的发票,骗到了领导的签字,三台录音机的发票便顺利地报销了。

一年后,东窗事发。A、B二君为了洗清自己,争取宽大处理,主动交代了犯罪经过。二人一口咬定是"先跟C君商量好,他答应报销,才买的"。那个时候,贪污300元便可立案。C君知法犯法,罪加一等。关起来,继续审查。审查了大半年,又发现他还有"电子表""电吹风""高压锅"等问题。

当时，律师制度也刚恢复。他媳妇请了律师，那律师很干练，也很能说，但他还是被判了两年。

他失去了调回家乡的机会，失去了连升两级工资的机会，职务还要一撸到底。他的家庭挨此一闷棍，从此一蹶不振，一双儿女也要受到影响。

A、B二君也没有逃脱法律的制裁，因他们还有其他经济案情，所以分别被判处无期徒刑和九年有期徒刑。

我在日常生活和工作中也时常运用"事物是有机联系的"这一规律，是为了更好地做人、做事，且受益良多。时间长了，也逐渐有了自己的感受、体会和经验。

我会把控事物的全部联系，追求整体效果。种庄稼要想有好收成，离不开好的土地、种子、肥料、水、阳光，缺一个条件都不行。要做好工作，离不开上级的支持，离不开下级的积极性，离不开友邻的协助，需要各方面的努力才行。有本事、肯吃苦、勤劳敬业这些条件都具备，才能做出成绩。光靠"一招鲜"不行，要有"综合实力"。"文"的、"蛮"的我不怕，粗活、细活拿得起，才有资格说话。

我一直有很强的时空概念。因为同一事物在不同的时间、地点具有不同的性质，放在餐桌上的纸叫餐巾纸，放在卫生间的纸叫卫生纸。早上吃的是早饭，晚上吃的是晚饭。情侣在公共场合亲热，会让人觉得有碍观瞻。所以，我绝不会在错误的时间、错误的场合做所谓正确的事。

我很注意用普遍联系的观点看问题。如看一个人，他受教育的程度、生长的环境、家庭条件以及父母的素质等，都会影响甚至决定着他本人的素质。他常与什么人来往，他大概就是什么样的人。头疼不一定是感冒，给你送酒的不一定是喜欢你。三岁幼儿不好好吃饭，不一定是调皮，还可能是饭不好吃或者是病了。

幼儿病了但是不发烧，还可能是头疼、肚子疼，即一果多因，不能单纯认为孩子是捣蛋。我错怪过孩子，且不止一次。对工作不认真负责，不一定只会有一种结果，有可能是一因多果。我有很多这方面的生活感受和经验。

古往今来，在军事斗争中，人们常运用事物是互相联系的规律，克敌制胜。"调虎离山"是切断老虎与山的联系，令其离开对其有利的环境，以便"虎落平阳"。"釜底抽薪"是抽掉对方生存的主要条件，如粮草和后方运输线。还有"走为上计"，是脱离对自己不利的联系。

生活告诉我，会运用"事物是有机联系的"这一规律，做起事情来，能收到事半功倍的效果。

谁决定成败

最近，网上盛传一句"名言"："儿女成功了，你此生就是成功的。儿女不成功，你此生就是失败的。"有不少人乐在其中，但我对这些说法不敢苟同。因为，这种说法过于武断和片面，只看到表面现象，没看到本质，很浅薄，甚至很盲目。

首先，人的观念是由客观实际所决定的，即存在决定意识。父母亲与儿女们生活于不同的社会环境，包括家庭环境、教育环境等。所以，世界观、人生观、价值观一定有所不同。据有关研究显示：孩子受父母亲的影响只占百分之二十，受社会环境的影响占百分之八十，所以才有孟母三迁的佳话。"一母生九子，九子各不同。"父母亲的意志不可能强加给子女，也就是说父母亲无法要求子女的言行和自己一模一样。父母亲也无法把儿女们装到"真空罐"里培育，不允许他们接触外部世界。子女成功就说是父母成功，子女失败就是父母的失败，这观点太过武断，甚至毫无道理。

"人各有志。""儿大不由爷。"大文豪鲁迅先生本来是学医的，而且已学了近两年，却半途而废。能说他是辜负了父母亲的心愿，浪费了父母亲的钱财，做了"忤逆之子"吗？古往今来，多少仁人志士，背叛自己的家庭，不承父业，投身于无产阶级革命，为中华民族的崛起，付出了毕生的心血，甚至失去了家庭和子女。能说他们是失败的吗？

人各有所长，子女可能在某些方面，不及父母亲，但一定会在某些方面超过父母亲。因为任何事物都有相互对立的两个方面。一个人不可能一无是处，也不可能完美无缺。有的父母亲善于经商，而儿女把生意做得一塌糊涂，从政却得心应手。有的父母亲从政，而儿女很乐意去经商。有的同学读书不咋样，却很会赚钱。相反，有的同学读书成绩优异，却是"书呆子"，不会做生意。也有"万金油"，干啥都行的，但他仍有所侧重。有人说，当将军的当不了元帅，当元帅的当不了将军。也是有道理的，因为一个偏于用脑，一个偏于动手。

有的考上了大学，因为上大学四年，缺乏四年的社会生活经验。有的没有上大学，却早早步入社会，积累了丰富的社会生活经验。哪个是成功的，哪个是失败的？

如果发财、当领导就算是成功的，那其中还有个机遇问题。

你赶上商机，赚了个盆满钵满，你就是成功的。如果没有商机，没有赚到钱呢？

当领导就更要有机遇。过去常说"革命工作需要""部队建设的需要""形势的需要"，有需要你才有机会当领导，没有需要，没有机遇，你再优秀，也无"用武之地"。这有个"供需矛盾"的问题，就好比消费者没有需要，再好的商品也卖不出去。

古往今来，怀才不遇者多了去了。反过来，有喝酒的机会却不会喝酒，有肉吃的时候却吃不下，有领导当的时候却当不了，有商机没有发现，也是白搭。

机会留给有能力的人。

一代枭雄曹操，他辛辛苦苦篡夺的刘家的江山，又被司马懿的孙子司马炎夺走。一百多年后，又被刘家拿去。曹操是成功者还是失败者？

诸葛亮毕生扶助汉室，但蜀后主却"乐不思蜀"。

刘备更是无话可说，他有一个扶不起来的阿斗。他们是成功者还是失败者？

农民的孩子进城买了房，就是成功的？"商界大佬"的孩子就必须当上"首富"，才算是成功的？这有个"起跑线"的问题。有的父母能力弱，孩子很容易就超越了，而能力强的父母，孩子想要超越却很困难。

我认为，一个人能自食其力，就是成功的。

话说回来，父母是儿女的启蒙老师。有其父必有其子。不是一家人不进一家门。父母对子女的影响是深刻的，儿女起码要有三分像父母。但儿女后期受社会环境的影响，尤其是如今这个信息时代，信息量大且良莠不齐，对于有些观点，人们没有很强的判断力，很难分辨出是非，难免受到不良影响。或者盲目、错误地否定父母，摒弃了父母的教育而走错了路，但这就怪不得父母了，有了独立生活能力的成年人，成败得失该由自己负责了。

不否认父母亲对儿女的影响，但父母亲能给予的只能算是条件，包括起点高一些，物质条件好一点儿，儿女是否成功，根本的还是在于自己有无成功的动力。外因是条件，内因是根据。

影响一个人事业成败的还有一个重要因素就是观念。英国哲学家、散文家培根有句名言："思想决定行为，行为决定习惯，习惯决定性格，性格决定命运。"

1979年版《辞海》1676页"思想"一词词条载：思想亦称"观念"，即理性认识。人们在社会实践中对客观事物的认识，开始是感性认识。"这种感性认识的材料积累多了，就会产生一个飞跃，变成了理性认识，这就是思想。"（《毛泽东著作选读》甲种本，人民出版社1965年版第383页）人们的社会存在，决定人们的思想。一切根据和符合于客观事实的思想是正确的思想，它对客观事物的发展起促进作用；不根据和不符合于客观事实的思想是错误的思想，它对客观事物的发展起阻碍作用。

如果能够如上所说，尊重客观，依据客观，正确地认识客观事物，并使自己的思想与客观事实相符合，就能立于不败之地。想不想"具体情况具体分析"？想不想"实事求是"？会不会"具体分析"？会不会"求是"？这也是问题的关键。我的毕生体会和经验都归结于此。

无论是成功还是失败，都在于自己的努力和际遇。父母的成败决定不了子女的成败，子女的成败当然也决定不了父母的成败。推出"子女的成功就是父母的成功"的观点，实际上是一些无能的父母，贪子女之功，借以标榜自己而已。

那种认为自己的不成功是父母的无能造成的，无非是怨天尤人罢了，是子女自己无能的表现。

成败在于自己，别人决定不了你的成败，你也决定不了别人的成败。

察言观色

一岁多的孙女,也会察言观色了。

饭菜刚摆上茶几,她就拿一双筷子,慢慢往地上放,一边放还一边观察我的表情。眼神是在征询:可以这样做吗?见我没什么反应,她才完全放手,把筷子放地上了。奶奶在厨房做饭,她跑到厨房,当着她奶奶的面,把油壶扳倒,却又不放手。待奶奶去扶,才松手。见奶奶没反对,她又顺手放倒了另外一壶。她要调皮时,会先用征询的眼神看我,想知道我究竟是什么态度。看到茶几上的零食,她盯着看了一会儿,几次伸手,看我黑着脸,欲取又止。我看在眼里,心里却不是滋味。觉得她挺委屈,想吃点儿零食,还须看别人的脸色。她如果想拿就拿,想取就取,想干什么,就干什么,那她该是多么开心哪!

但是,我的想法是错误的,我这是感情用事,与认识规律相悖。俗话说:"出门看天色,进门看脸色。"有谁不看人脸色呢?连宰相、皇后都要看人脸色,甚至皇帝也要看人脸色。

因为人的一言一行,应该尊重客观实际,受客观条件的制约。察言观色是认识客观实际的过程,继而才能尊重客观实际,再根据客观实际来确定自己的言行。

察言观色是天生的,是人求生的本能,是认识客观世界的基本方法。一周岁以内的孩子也多会看脸色了,你给他个难看的脸色，他就会委屈得哭起来。孩子小，对这个世界还知之甚少。哪些能做，哪些不能做，怎么办是对的，怎么办是错的，都要通过观察大人的脸色来判断。大人认可的就是对的，大人不认可的就是错的。孩子通过察言观色来认识世界、认识父母，学会判断对与错，确立是非观念。孩子了解父母的秉性脾气，可以尽快融入这个家庭，谋得生存的空间。

三岁左右的孩子，察言观色、认识世界的能力就更强了，还会总结经验，摸索规律了。假如，他摔了一跤，他会观察你的反应，如果你装着没看见，他就会自己爬起来。如果他摔跤了，你立即去扶他了，他就得到了经验："我摔跤了，他们应该扶我。"

如果父母只有一个在身边，他会很乖，很听话。因为他知道这个时候如果挨打，是没人拉架的。如果父母两个都在身边，他就不太听话了，因为他以为，其中一个会支持他，只要他坚持一会儿自己的意见，就能达到目的。如果有一方要打他，还有一个会劝阻。

有的时候，父母管不了他，他却听哥哥或姐姐的话，因为他知道，哥姐真会打他。他已经知道你的秉性脾气了，知道你的底线和你的轻重了。他一边给你耍赖，一边观察你的表情，在不触碰你底线的情况下，使自己的利益最大化，这是善于玩擦边球了。

慢慢地他摸到了规律，知道在这个家里谁说了算，他就会与其套近乎，主动搞好关系，寻求靠山。如果他惹你生气了，你不理他，他会主动跟你搭讪，逗你跟他说话，使你不计前嫌。

他还会推理，你在超市买东西，他不让你买太多，问他为何？他说："你买的东西太多，没法抱我呀！我还得自己走路。"

要给他买零食，他千挑万选，只买一样。他知道适可而止，恰到好处。买多了会引起你不满，下次就不好办了。他有意留点儿空间，让你觉得他不是贪得无厌之人，下次还有提要求的余地。

他可能在奶奶家待的时间多，在姥姥家待的时间少，或者反之。他可能喜欢待在这一方家里，而不情愿去另一方家里。或者他已习惯这边的生活，而不习惯那边的生活。但他不会把自己的情绪表现出来，因为他知道，都应该去，都得罪不起，表明他有了管控自己的能力，不再感情用事了。无论是什么样的父母，他都能很快适应了。

这个时候，人类认识世界的程序和方法，他基本都会了。他已经能正确地认识客观世界，并根据客观情况，选择正确的行动方针，且很少失误。他已经能适应各种生活环境，适应能力更强了。

假如人们都能把这种天生的能力发扬光大，都能察言观色，尊重客观实际，选择符合客观实际的言行，该是多好的事情，人人就都是识时务的俊杰了。而现实却不是这样的，有些人，把这种天生的能力，慢慢地弄丢了。有的是在孩提的时候，就被家长以经意或不经意的方式给抹杀或淡化了，真是可悲。有的则是自己已经做出了一些成绩，便自以为是，不再察言观色，不再看人脸色，不再观察和了解客观情况了。拍脑袋，想当然，我行我素。不信且看，有多少人碰得头破血流！有多少人犯罪！有多少人垮台！有多少人遗臭万年！

难变的立场

"要获得正确的认识,必须要有正确的立场、观点和方法。"这句话毫无疑问是正确的,我也曾经认为这很容易做到。尤其是"立场"问题更好解决,只要在认识问题的时候,自己站到客观、公正、公平的立场上,不要感情用事,不要偏向一方就行了。但是,几十年的生活经验告诉我,要做到这一点并非容易,要改变他人的立场更是不可能的。

因为立场是受所处的位置、角色和利益影响的。每个人都有自己所处的环境及地位、身份、阶层,也都有自己需要的利益。出于个人目的,固有的立场形成之后,就不会改变了,因为它受到两个方面的限制,一是认识的角度,二是受利益的驱使。例如要提高农产品价格,农民一定是举双手赞成的,而城市居民就不会赞成,因为赞成提高农产品价格,就意味着心甘情愿增加生活费的支出,只有傻子才会这么干。

我曾经在街上,见到甲、乙两个女人打架,双方的老公闻讯先后赶到,甲方的老公不问青红皂白,不论是非曲直,上来就扇了乙方一巴掌。乙方老公见状,也不搭话,直接与甲方老公开打。甲、乙两个女人见老公们在打,她们也接着继续打。这是正经八百的"男女混合双打",直到有人报警,警察来了,一场"比赛"才收场。

立场问题从侄子们身上也能看出来。当我与他们的父母亲有了意见分歧，或者有矛盾时，他们会义无反顾、毫不迟疑地与他们的父母亲站在一个立场上。他们才懒得弄清事实，分清是非，也不管谁对谁错。这是客观规律，是人之常情。我的外孙女也一样，当我教训她妈时，她不在意她妈是对还是错，而只在乎她妈在挨骂。她当然是站在她妈的立场上，跟她妈一个鼻孔出气。

他们都有自己的立场，而且只讲立场，不论对错。

想让城市居民站到农民立场上，赞成提高农产品价格，那叫痴人说梦。想要甲方老公站在乙方立场上，把自己老婆打一顿，叫天方夜谭。叫侄子站在我的立场上，和我"坐一条板凳"，叫痴心妄想。外孙女也不会站在我的立场上，给我点赞。无论你曾经做过什么，做过怎样的努力，他们都会坚守各自的立场，不会改变自己的立场，且不论是非曲直。

我过去就没把"立场"问题当成"问题"。又想起小时候，常听邻居老人们说的"屁股坐在一条板凳上"，意思是说要站在一个立场上，这我当时也是懂的。只是认为，"坐在一条板凳上"就行了，但是并不知道这没有那么容易。

过去有种说法："立场问题，说到底是个感情问题。"意思是说，有了感情，就会有相同的立场。这要区分不同情况，两个立场相近的人，是可以通过增加感情，使两人的立场达到一致的。而两个立场完全不同的人，是难以建立和培养感情的。

多少年以来，我对这些问题认识不足，总是按照自己的主观想法去办事，也可以说是站在自己的立场上，替别人着想。"剃头挑子一头热。"例如，我喜欢吃肉，也要人家多吃一些，是不管他人感受的。当他人不愿接受时，我还会说："我为你着想，为你好，你咋不知好歹，好心当成驴肝肺呢？"实际上，别人想不想吃肉，并不是取决于我个人的想法，也不是取决于肉的品质，而是取决于吃肉人的感受，取决于他的立场。就像"小白兔请猫吃胡萝卜"一样。人家甚至会认为，你是想叫他得"高血脂"。即便是他想吃肉，你也是雪中送炭，但由于立场不同，他也会有其他解释，不会认为你是为他好。

站在不同立场上的人，对同一事物会有不同的认识、不同的态度。所以，对立场不同的人，无论做什么，无论怎样努力，都可能是错的。不仅如此，站在不同立场上的人，是难以相互理解的，期盼别人的理解是不符合客观规律的。

要让自己站在公平、公正的立场上也难。首先，自己站的高低、远近、方位、角度受到限制，不能够看到事物的整体或全貌，比如司机开车有视野盲区，人甚至无法直接看到自己的脸和后脑勺，这都说明人难以客观、公正地认识事物，且不说还有利益问题。所以，认识事物的过程永远都在路上，真理是相对的。人们认识和掌握真理，是一个不断加深、不断完善、不断发展的过程。不能自以为是，要善于听一些不同的意见，以弥补自己的"盲区"。如果有必要的话，有时需要站在对方的立场上考虑问题，也就是人们常说的换位思考。

我们的任务，首先就是要认识事物的本质，尊重客观规律。人们的立场，他自己改变不了，别人更改变不了。我自己可以要求自己站在客观公正的立场上，而不能期待别人也站在客观公正的立场上。其次，在做事之前，要考虑他人的感受和立场。如果你的努力无法达到预期效果，最好别做，免得适得其反。再次，认识一个人，不光要认清他的本质，也要认清他的立场。因为本质和立场是两个不同的东西，不能混为一谈。一个素质很高的人，一个很好的人，由于立场问题，因为各为其主或受与各自相关的利益驱使，他就可能是你的冤家，是应该防备的。

本性难移，立场也难变。

本性难移

我对他好,他就一定会对我好吗?几十年的生活经验告诉我,答案是不确定的。他对我是好还是坏,这个选项,取决于他内心的意愿,而不是取决于我对他的态度。因为,内因是事物变化的根据,外因只是事物变化的条件,外因通过内因才能起作用。就像毛主席所说:"鸡蛋因得适当的温度而变化为鸡子,但温度不能使石头变为鸡子,因为二者的根据是不同的。"由于人的"本质"是不一样的,所以,并不都是我对他好,他就一定会对我好。这么简单的道理,我到如今才醒悟,真是可怜,傻到了极致。其实,这个道理我过去也是知道的,只是当成了耳旁风,没往心里去,可能也有不太相信的成分在里面,总还是相信"精诚所至,金石为开"这句格言,石头都能焐热,何况是人呢!

我一直相信"种瓜得瓜,种豆得豆""种下好地不问年成,但行好事莫问前程""赠人玫瑰,手留余香",相信对人友善,必然会得到友善的回报。这些说法和做法都没有错,问题的关键是,分对谁,要具体情况具体分析:对君子,你投之以桃,他便会报之以李;而对于小人,那就不一样了,你对他好,他会以"小人之心度君子之腹",能找到足够的理由,证明你这样做是应该的。你帮助了他,他会告诉他老婆说,他如何会利用人、会忽悠人,甚至抓住了人家的小辫子,人家才会心甘情愿为他出力。

这是他的本性，与你的好坏无关。他会不断地向你索取，而且他会根据你能力的大小，开出合适的价码，也就是说，你应该拿多少给他才算合适。否则，他自然会得出你不尽心的结论。有朝一日，你无能为力了，便是他反目、拆桥之时。

人帮人做好事，很多时候并不是想换取回报。这并不像往银行里存钱，因为往银行存钱，一开始银行就承诺，这钱还要还给你的，并且还多少给些利息。如果开始就想要回报，倒不如把钱存入银行，少了很多麻烦，还"存取自由"。当然，人帮人，也不是无缘无故的，或亲情或友情，或是因为某人的面子。但是，谁也不会希望帮出一个仇人来，这一点是很明确的，因为那太没道理，太不划算了。所以，做好事帮助他人，首先要慧眼识人，擦亮眼睛，先把人的本质和人品看清楚，不要不问青红皂白，上手就帮。

总之，还是要提高认识能力，尤其是认识人的能力。准确地认识人的"本质"，才是最重要的。

俗话说："不看朋友待我，单看朋友待人。"这是类比推理，他对别人好，也会对我好，其结论是否真实还待实践证明。最可靠的办法，还是自己亲自去调查了解，多掌握一些此人的言论、行动的实际材料。我们小的时候就学过毛主席的一句话："没有调查，没有发言权。"通过调查、了解，获得了足够的材料之后，就要动脑子思考、加工，经过分析、综合、比较，去伪存真，由表及里，多问几个为什么，抓住本质，尽量做出较准确的判断。

说起动脑子思考，实在是一件很苦的差事。有人懒得动脑子，单凭拍脑袋自己想象，认为这个人是这样子的或者是那样子的。有的人却只看到表面，某人某天给了他一块糖，他便记住了这人的好。至于这人为什么要给他一块糖，是啥意思啥目的，则不多想，只管吃糖就是了。这样做的结果是只害己不害人，因此别人是不会过问你是否动了脑子的。三十六计中,有九计,占四分之一,是给对方制造假象,引对方上当,以"骗"取胜的。所以,动不动脑子就自己看着办吧。

动脑子思考,有一套完整的逻辑思维方法,如果能熟练运用,是一件很好的事情,可惜多数人做不到。简单的办法也是有的,比如,多问几个为什么,"打破砂锅问到底",有时候也能抓住"本质"的尾巴。还有简单的办法,就是学小孩子一样拆玩具。爸爸买了一个电动玩具汽车给孩子,既能跑又能叫,小孩子就想研究研究为什么会跑还会叫,这是玩具汽车的"本质",也是他拆玩具的目的。接着他就开始拆,拆的过程就是分析的过程。他把玩具拆成外壳、电池、电机、扬声器、车辖辘等部分,接着就是研究每个部分的性质和功能(也是本质的东西),还要发现各部分之间的关系。他需要把车组装(综合)几次,每次组装都要少装一个部分,他就明白了各部分的功能和相互间的关系了。没有电池和小电机,车是跑不起来的,他也就知道了电机、电池、辖辘之间的关系,这就是"分析中有综合,综合中有分析"的作用。

有些事,"拆"了就明白了,而有些事则要"综合"起来,"串在一起"才能弄明白。比如要读出"行"的读音,你会茫然失措。因为,它是多音字,不知道该读哪个音。如果把它放在"中国人民银行"或"自行车"中,自然就知道该读什么音了。还有些事情需要"比较"才能明白,因为"有比较才有鉴别"。"不怕不识货,就怕货比货""买家没有卖家精",一开始并不知道货的质量好坏、价格的高低,通过"货比三家"就知道了。一个人的好坏,做事的对错,也可以通过与其他人"比较",心里就有数了。但是,有的人总拿别人的老公与自己的老公比,这就不对了,因为已经结婚了,之前干吗去了?

在许多事情上，只要勤于动脑、善于动脑，多问几个为什么，把"分析""综合""比较"翻来覆去穿插着用，抓住事物的本质，并不是一件难事。"路遥知马力，日久见人心"，多观察、多考察，"听其言观其行"，也是认清人的方法。

一旦认清其本质，发现此人人品不行，就要立即转身离开，不要奢望他会改变，更不能有侥幸心理。人的"本质"一般不会改变，到老也不会改变，哪怕他栽了大跟头，遭遇了重大挫折，也很难改变。俗话说，"江山易改本性难移""狼行千里吃肉，马行千里吃草"。马戏团的狮子、老虎咬死驯兽员，宠物狗咬死主人的都不在少数。因为，它们的本质是肉食动物，是牲畜。虽有例外，但咱耗不起，千万不要期望去感化他，千万莫再自作多情，否则只能越陷越深。

我跟很多人比试、较量过，企图将他改头换面，教他重新做人，总抱着殷切的希望，哪怕是一丁点改变也好，其结果自然是我败下阵来，我只有哀叹道：人的"本质"是很难变的，本性是难移的。我以很多精力跟一个基本常识较劲，真是愚蠢至极。

在自我否定中进步

在部队 20 多年,我那时候年轻,血气方刚,见人要争高低,遇事要论对错。转业时,已迈入不惑之年,要完成从部队到地方、从军人到公司员工、从北方到南方等一系列的转变,这种转变也是对过去的"否定"。

我告诉自己,要收起锋芒、包住棱角,不显山、不露水,换取上下级关系融洽、邻里和睦、生活安定。少提意见和建议,领导指东决不打西。吃个不操心的饭,干个不操心的活。别再"独当一面",别再"开创新局面"。做一个"很笨的诚实人",做一个"勤劳敬业的本分人"。年轻时,怕别人说"笨",现在要"装笨",因为"能者多劳拙者闲"。但是,要很勤奋,不能让人说工作不努力。我要否定过去为人处世的方式,以适应和迎接新的生活。

失去了一些,又得到了一些。失去"能干",得到融洽。失去棱角,得到了安宁。不显山露水,免得多干活。这是"否定之否定规律"在实际生活中的运用。一方面是某些事物的消灭,另一方面是某些事物的保存、发展、进步。"有失必有得,有得必有失。"有些军队转业干部,到地方后,人转,观念不转,不能"否定"过去,吃老大亏了。

时间长了,老板们发现我"藏着掖着",说我"心深","比地方干部还地方干部",希望我遇事也要表明自己的态度。我只能说老板们是对的。分到个人身上的活儿,可以装不懂、说不会,让老板们另请高明。但是,该本部门做的工作,其他人不会,就得自己扛上了,不就暴露了吗？老板们都很信任我,生活上给予了很多照顾,我也回之"尽可放心,这里有我"的姿态。多年来邻里关系、上下级关系都很融洽。

实际上,人都是在自我否定中进步的,每一次进步,都是一次自我否定。进步的过程,就是自我否定的过程。每次否定的都是缺点和不足,而保存发展了进步、优秀的方面。如果哪天自我满足了,进步也就停止了。

2002年,公司有内退的政策。有人劝我不要退,因为,这批人内退之后,公司的工资制度有所改革、福利待遇有所提高,我不为所动。我患脑梗死之后,一直未能得到休息。土地边界纠纷的案子,还在我手上,没有结束,虽然一审我们胜诉,但对方不服,又上诉了。再说我完全符合内退的条件,我若不退,也难服众。我没有拿高工资的福气,便自己去当个体户,买了一台微型小货车,跑出租,以弥补因内退减少的收入。那个时候,开公司需要30万元流动资金,开商店也没有好"码头",而且我喜动不喜静。跑出租,投资少,风险小,无奈同行太多,必须早出晚归,冬天待在寒风中,夏天站在烈日下,还要注意来往行人的表情,看他有没有找车的欲望。所以,眼睛不能"打野"或不长心眼地闲坐着。不管天气冷热,都要坐在驾驶的位置上,还要会看人脸色,通过眼神的交换,要用车的人,就会奔你而来。我不及那些"小媳妇"们,有时上午她们都跑一趟了,我还待在原地未动。年过半百了,这种挫败感不好受,过去都在人前,今日无可奈何,人丢大了。不过我也会想,没有生意,就好好休息,我也是个病人,手脚还不利索。没有生意,得到了休息,也符合"否定之否定的规律"。这不是阿Q思想,不是自我安慰,而是以逸待劳,有时候真能等到跑长途的生意。"小媳妇"们跑了两个短途,没我一个长途赚得多。这也是"有得必有失,有失必有得"。

那个时候,"小车娃子"(小货车)的起步价是10元,汽油3.7元一升,跑一趟能赚5元钱,车本钱和人工费就不能算了。我一天如果能赚30元钱就行了,就把收入差补上了。要是能"逮"个长途,比如到"五县一市",可以赚50元到250元不等。要想生意好,主要靠电话生意,就是要有回头客。要想有回头客,就要服务态度好,人家装车卸车,要勤快些,给人帮忙。这时就不能再想到我是啥干部、啥军衔了。我的过去,已经被自己"否定"了。"好汉不提当年勇","好马不吃回头草"。我现在就是个出苦力的司机。

我跑了7年,虽然没挣到啥钱,也辛苦,但把身体跑好了,高血压、脑梗死的后遗症,都有明显好转。心情舒畅了,不操心、不用绞尽脑汁了。虽然内退了,失去了工作,但是得到了自由,锻炼了身体。现在身体得到了恢复,与这几年跑车是有关系的,还是有失有得,没跑出"否定之否定规律"的圈子。几十年的生活经验告诉我,当你得到某些东西时,要检查失去了什么东西,防止"捡了芝麻丢了西瓜"。当你失去某些东西时,再看看你得到了什么东西,会增强信心,找到另外的出路。问题的关键是,自己所需要的东西是否得到了。

60岁之后,我又否定了一次自己,不跑车了,回老家种地,比跑车舒服,生活更主动。种庄稼是世界上最好的职业,上下班时间自己掌握,工作时间自己掌握,工作质量自己掌握。自由散漫,随心所欲。老家水好空气好,我浑身有使不完的劲。一亩多地,我用小型旋耕机犁两遍,再刨平,把土坷垃打碎,挖沟分垄。用一个劣质的播种机,把油菜籽或芝麻种播上。间苗是个大麻烦，由于种子颗粒小，播种机不好控制播种量，间苗时要拔掉80%的苗，且要分两次拔，不可一步到位，防止死苗。当地"老把式"种芝麻、种油菜，都是用手把种子撒在地里，再用竹扫帚扫一下就行了，我嫌他们搞得不整齐。我种得整齐，纵横都是一条直线，可就是间苗费劲。"老把式"笑我："给你十亩地能把你累死。"反正我就按我的想法搞，收割油菜籽也与他们不一样，他们用手搓，我用连枷打。我也当了几年的农民。这辈子工、农、兵、学、商都干过，可谓阅历丰富。

一次次的否定，都是一次次的进步，或提高了能力，或增长了知识，或丰富了阅历。活到老学到老，还有东西没学到。这两年我又开始专心旅游，这又是否定自我、挑战自我、超越自我的过程。

摒弃片面的看法

你有"一本正经",我有一本《反经》。

《反经》是一部历代统治者秘而不宣、用而不言的奇书。

历史上有成就的政治家、思想家、军事家,甚至懂得生意经的商人,有两本书是必读的,一本是从正面讲谋略的《资治通鉴》,一本是从反面讲谋略的《反经》。《反经》的作者,是唐朝的赵蕤。他曾是李白的老师,李白受到过他的影响。唐朝中期,有"赵蕤术数,李白文章"之说。赵蕤和大诗人李白同时显名于唐朝开元盛世。我只读过《反经》,还没有读过《资治通鉴》,却也知道从两个方面看问题。

按照事物的矛盾规律:世界上任何事物,都包含着许多对立的方面。这是一个普遍的事物发展规律。如果看不到对立的各个方面,只看到一个方面,而且把这一个方面误认为事物的全部,这种看问题的方法是片面的看法。片面地看问题,是一般人在思想上最容易犯的毛病。这使我们看不到事物的全部真相,因此,也就常常要把我们的认识引向错误。

吃肉有好处也有坏处,喝酒有好处也有坏处。如果只知道好处而不知道坏处,是不对的。同样,只知道坏处不知道好处,也是不对的。

有人说,20世纪50年代出生的人生下就挨饿,上学就停课，毕业当农民，乡下争劳模。还说长身体时没吃好，该读书时没学好，该工作时下岗了。孩子上大学时学费涨价了，孩子毕业时不包分配了，孩子该成家时遇上高房价了。出生在中华人民共和国成立时期，成长在困难时期，上学在动乱时期……好像倒霉的事都被我们这代人赶上了。我倒认为，我们这代人，是最幸运的一代人，战乱结束了，我们出生了。我们见证了国家从积贫积弱到繁荣昌盛的过程，我们是共和国的同龄人，是最有担当的一代，是最能为国分忧的一代，是最懂得孝敬父母的一代，是对家庭有深厚责任感的一代，我们是承前启后的一代。

"农村大食堂"的那会儿，我六七岁了，懵懵懂懂的。食堂设在一座老房子的院子里。吃饭的时候，我拿个小木碗就自己去了，吃的都是白面馒头、大米饭。自己拿个蒸馒头或盛些米饭，或站或蹲在某个地方吃饱就行了。不用吃太饱，不用藏着掖着，因为一天三顿，顿顿都是蒸馍、大米饭。记忆中的那段时光中，没人管我，我也不管别人，是那种自顾自的角色。我很少说话，有时候会坐在有线广播喇叭下面听歌，也听关于彭德怀的事，那个时候到处都是高音喇叭，整天震天响。"鼓足干劲，力争上游，多快好省地建设社会主义""总路线""人民公社""大跃进""三面红旗"……大人们都很忙，大哥比我大五岁，是小学高年级的学生，也集体加入"大跃进"的洪流中，早出晚归的。大家都在热火朝天搞建设、都在奋发向上、都在"大跃进"，这种氛围留在了我童年的记忆中，影响一生。那个热闹的场景，之后再也没有见过了。大人们晚上还要通宵达旦，或改梯田，或支个大炉子炼铁。母亲弄个簸箕，放在不碍事的地方，把弟弟放到里面，让我负责看着。火把把山野照得通明，炉子还呼呼作响，很多时候我还是睡着了。粮食大丰收，红薯没人吃，公社发了十多台红薯切片机,把红薯切成片,晾晒到大石头上,十几亩山坡的大石头上,晒的都是红薯片,下雨了没有人收,好像烂掉了不少。似乎是1960年春天,青黄不接的时候,没有吃的了。但集体生产没停,白天下的红薯种,晚上又刨回来吃了。有部分人身上浮肿,被叫到公社卫生院治疗,听说主要治疗方法是吃饭。我和妹妹留在家里,我们扯点野菜,洗干净了,然后加一小碗苞谷糁,煮熟了就是我们兄妹俩一天的伙食。持续到父母亲从公社卫生院回来后,慢慢就好过了。到1962年的时候就能吃饱饭了,我也上学了。记忆中,饿饭的时间很短,青黄不接的季节,也仅限于家大口阔的家庭。劳力多、心眼多(食堂停办前备粮)的没饿着。在本公社的范围内,没听说有饿死人的情况。后来当兵体检我一次通关,说明没影响到健康。

那个时候的国家要进口工业设备,发展工业,需要外汇,可我们那时没有可供出口的工业品,只有出口农产品赚取外汇。中华人民共和国成立后年年都出口粮食,国家战备也要储存粮食。解放军打完仗,回不了家了,不能过那种"两亩地一头牛,老婆孩子热炕头"的日子,而是成建制地转成生产建设兵团。

1949年到1959年中国的钢产量和工业总产值均大幅增加,换句话说,这都是用粮食换来的,不发展工业就要挨打,就无法过安定的生活。没有那个时候的工业基础,也就没有后来的发展。当时,国家实际上是在用粮食换工业的发展。老百姓吃了一些苦,受了一些委屈,但是一想到国家发展了,中华民族站起来了,原子弹也爆炸了,美帝国主义也不敢小看我们了,我们吃些苦也是值得的。所以说,我们这代人是为国分忧、为国争光的一代人,是很荣幸的一代人。

吃苦也有好处。俗话说:"不受苦中苦,难为人上人。"在人生成长的道路上，我们会遇到许多困难和挫折。这是正常的。没有经历苦难的人生是不完美的。每一个困境都有正面的价值。任何一个障碍都会成为一个超越自我的契机。因为哭过才知道悲伤，因为笑过才知道快乐，因为失败才知道成功，因为跌倒才知道坚强。失败是成功之母，尝尽人生百味才有意义。只有经过困境的砥砺，才能焕发生命的光彩。苦难的经历是人生宝贵的财富，是人生前进的动力。受苦长本事，享福添毛病。那时候上山下乡的知识青年们，现在都是国之栋梁。

有些"专家"专说半句话，比如"孩子是夸出来的""有话好好说"等。如果好好说了，他不听怎么办？"专家"自己也不知道。所以只说半句话，这也是片面看问题，分明是忽悠人的，他只说了孩子喜欢听的那一句，挑拨父子之间的矛盾。还说"家庭成员之间要互相尊重"。什么叫互相尊重？家长与孩子之间，本来就是一对矛盾，是管理者与被管理者之间的矛盾，是教育者与被教育者之间的矛盾，是监护人与被监护人的矛盾，是"挣钱者"与"花钱者"的矛盾。后者必须服从前者，没有"互相尊重"可言。如果"好好说"是万能的，国家还要法律干啥？连成人也约束不了自己，会犯错，何况是孩子？孩子谁来约束？谁来对他一生负责？是"专家"吗？真是站着说话不腰疼。挑拨了父子矛盾不算，还挑拨夫妻之间的矛盾。"老婆是要爱的，是要哄的"，这还用说吗？可是，她背着你，收人家的钱、物，你被她拉下水了，被免职了，被判刑了，你几十年的成就付诸东流了！这个家也毁了！你还爱她吗？为什么在之前不能约束她？不是说"专家"有多坏，可只说半句话，那也不行呀！是不懂而不会说话，还是故意"话到嘴边留半句"呢？我相信他是因为不懂而说不全。

毛泽东曾说："我们的同志在困难的时候，要看到成绩，要看到光明,要提高我们的勇气。"我也用这句话,作为这篇文章的结尾。只有全面地看问题,才能在困难的时候看到成绩,看到光明,也才能提高我们的勇气。所以就不能片面地看问题。片面地看问题,就不能正确地认识世界,不能正确地认识自己。

做事有限度

我们这代人，或多或少都饿过肚子，过过紧日子，经历了困难时期。20 世纪 80 年代之后日子好过了，不过因为孩子小，也舍不得吃，舍不得穿。到了 21 世纪，我们这帮人也陆续进入了"知天命"的年龄。孩子都大了，物质丰富了，生活条件也好了。能吃净粮且能吃饱，就很知足了。如果顿顿有肉吃，天天有酒喝，是最大的幸福。我们也没有更高的奢求，也没啥不良嗜好，就是吃点儿、喝点儿。把猪肉蒸着吃、炖着吃、炒着吃，上顿吃、下顿吃。不吃觉得对不起自己，不吃感到委屈，不吃心里不平衡。自己烤的酒，卖也不值几个钱，就留着自己喝。年轻时没这个条件，粮食都不够吃，哪有多余的粮食烤酒。现在真是过上好日子了，几个哥们儿三天两头凑在一起，想想过去的事，或哭或笑，喝他个天昏地暗，喝他个半醉半醒的，啥也不想了，一晃一天，感觉很好。娃子们拦着不让喝，就偷着喝，半夜起来小解也咂几口。吸烟的爱好还是保留着，一辈子就这一个坏习惯，改掉也不划算。

这几年，身边有些老伙计就出问题了，患了高血压、高血脂，患心肌梗死、脑梗死的也都有了，有的甚至"拜拜了"。大家只认为是"衣禄"尽了，"阳寿"到了，一年吃了两年的"衣禄"，"阳寿"可不就短了吗！

可医生不这样认为。医生说，这是吃肉、喝酒、抽烟过量造成的。肉类富含蛋白质、脂肪、维生素等营养物质，适量食用有益于身体健康，但是过量食用对身体会有不良影响，增加肥胖风险，容易患上高血压、高血脂及肾脏方面的疾病。喝酒也一样，适当地喝酒，酒精能刺激交感神经兴奋，使人心情舒缓，对心情不好的人有一定帮助。适量地喝一点儿酒，还能促进血液循环。但是，过量喝酒会刺激肝脏，也不利于健康。

如何在"适量"与"过量"之间找一个平衡点，做到恰到好处，既能享受到，又不至于导致疾病。按照"质量互变规律"的观点，维持事物性质相对静止，在量变上有一定限度，过此限度，事物的性质就要起变化。问题是，这个限度在哪里？不能用秤称，也不能用尺量。所以要把握好这个"限度"，其实很难，有人称其为"艺术"，既无"过"也无"不及"，不好拿捏。但是，既然是"限度"，就应该是有一定范围的。如果我们自己引起了重视，用心去感觉，去体会，这个"限度"还是可以找到的。何况人和人也不一样，有的人吃肉不长肉，有的人喝水都长肉。所以还是应该因人而异，靠自己摸索、把握，找到这个"限度"，吃出健康来。

人们常说的"物极必反""乐极生悲""月满则亏，水满则溢"其实也都是在说，事物的量变超过了维持事物性质相对静止的限度，事物的性质就会向相反的方向变化。吃肉、喝酒是这样，做其他事情也是这样的，都是应该加以注意的。

前几年，到乡下吃喜酒，才听说"升米养恩人，斗米养仇人"的说法。我虽已至古稀之年，但对这种说法，还不能理解。既然升米能养恩人，再给九升怎么就成了仇人呢？不是帮助得越多越好吗？据说关于这句话还有个典故，在一个灾荒之年，地里庄稼颗粒不收。张三与李四是多年邻居，两家关系甚好。张三家还有些存粮，就借给李四一升，李四一家甚是感激。之后，李四家又陆续去借了九升。李四在这期间，感恩之心逐渐淡化，甚至开始觉得这是理所当然的。张三家其实存粮也不多，就给李四说，没有了。李四即生忌恨之心。典故的意思是说，别人在危难的时候，给他很小的帮助，他会感激你。可是如果给人帮助太多，让其形成了依赖，使其产生了贪婪心理，一旦停止帮助，反而会让人忌恨。明智的做法是济人一时而非济人一世，关键是不能形成依赖，不能养成习惯。美国哲学家威廉·詹姆斯认为习惯决定性格，性格决定命运。习惯的力量是巨大的。

做什么事都要有限度，把事情控制在一定的限度内，留有余地。做事留一线，今后好见面。话不要说尽，好事不能做完。就算是锻炼身体，也应该有个限度，过度锻炼会适得其反。

相同中的不同

退休了,在农村老家住了两年,发现农村有个很好的风气,就是不管谁家有事了,左邻右舍、屋上坎下的人都很热情地来帮忙,尤其是遇到白事。

有老人过世了,事主家燃放鞭炮或礼花,噼里啪啦一阵响,左邻右舍都知道发生了什么事,也都心照不宣地主动赶到事主家,先对事主家人进行一番安慰、劝说之后,不用人安排,大家都会根据自己的能力和身体条件,选择力所能及的活干,好像是按部就班、轻车熟路一样。偶尔也能听到年轻人向年纪大的人请教些什么,声音都是轻轻的。年轻的、有点儿力气的人会去把搁置多年的寿枋抬出来,擦洗干净,在事主家堂屋中央摆放两个长条凳,把寿枋放在上面。再帮忙给逝者穿戴停当,在寿枋的棺盖上停放少许时间,待寿枋内铺垫完毕后,才将逝者入殓。然后布置灵堂,安放供桌,摆放牌位、香烛及祭祀供品。

这边忙完了,大家又帮忙在稻场里搭建灵棚、拉接电线、安装电灯、摆放桌椅板凳,准备吊唁的场所。来的妇女们会帮忙打扫卫生、端茶递烟,还要准备和清洗厨具、餐具,准备肉、菜、烧酒、粮食,烧火做饭,以招待来吊唁的人们。如果逝者是女性,给逝者穿衣戴帽的事也由妇女们负责了。

总之,大家都忙得脚不沾地,却有条不紊,忙而不乱,个个表情凝重，不停地往来穿梭。这种主动、积极的精神，着实令人感动。现场的气氛虽然有些悲哀和沉闷，但也有一些温馨，充满了人情味。

接着，吊唁的人们也从四面八方陆续赶来了。真是应了那句话："红事不请不到，白事不请自来。"

我虽已步入古稀之年，但因离家比较早，还没有见过农村办白事，所以办事的程序和规矩我不懂，也不知道怎么帮忙，只能见机搭把手，帮着抬个什么物件。和城市比较起来，看到农村的这些现象，我很感动。邻里之间困难时的相互扶持和帮助，体现了中国传统文化中"远亲不如近邻"的观念。这是应该弘扬和传承的。

感动之余，我也在想，这么多人都主动地来帮忙、吊唁，大家的表现都是相同的，无一例外。他们为什么会这样齐心？又是受什么思想支配的呢？究其原因，除了受传统文化影响，体现了人与人之间的互助和尊重外，其实每个人来的本意和动机也是不同的。

这些人中有的是事主家的亲戚、族人，由于亲情而来；有的是事主家的朋友，为了友情而来；有的是过去受过事主家的恩惠或帮助，为了还情而来；有的则是一种"以情换情"的性质，大家都左邻右舍地住在一起，难免今后会用着人家；也有一部分人是因为低头不见抬头见，为了面子也来了；不能否认也有的人是热心肠，纯粹是来帮忙的。这些情况事主家是心知肚明的，都会记录在案，今后会一一报答。

由此联想到，遇到过很多相同的现象，本质却有着不同。也见到不少的同事和朋友，由于认识上的错误而上当受骗，甚至导致人生陷入低谷，教训惨痛。如果只看到事物的现象，而看不到事物的本质，那么，对事物的认识就可能是错误的，随之而来的观念、言论、行动自然也是错的。这是因为事物的现象与事物的本质，多数情况下是不一致的，甚至是相反的，所以看不到事物的本质是一件很糟糕的事情，认识上的错误必将会导致行动结果的失败。

同样是对你好的人，他们各自的本意是不同的。有的人是因为钦佩和尊重你；有的人则是脾气、性格与你相投；有的人是由于和你有共同语言，喜欢与你相处；有的人可能是有求于你或有其他目的。

同样是批评，有人对你提出了批评，是真心诚意地帮助你改正错误。也有的是为了人身攻击，尤其是那些在大庭广众之下，在上司面前批评你的人，一定是不怀好意的。

父亲、老师、上司都是严厉的，同样是严厉，但严厉的目的不同，方式也有区别。父亲的严厉是要对子女的一生负责，既要教做事的方法，也要教做人的原则；既希望孩子顺风顺水，又要教孩子如何面对挫折；既希望孩子能自食其力，一生吃喝不愁，又希望孩子学会勤俭节约；既要给鱼，又要教渔。因此父亲在孩子面前就是个矛盾的人。老师和上司没有父亲这样的"啰唆"，他只管当前的你，希望你把当前的学习搞好，希望你把当前的工作做好，就可以了。父亲和老师的严厉，不是为他自己，而上司的严厉又有所区别。

我曾经见到过一个年轻人，他与别人闹矛盾时，有别有用心的人，主动靠近他，表现出对他无微不至的关怀，煽风点火，顺着他的意思说，称赞他如何正确，对方如何不对。他很喜欢听，很是受用，觉得自己遇到了知己，遇到了好人，却不管别人为什么会顺着他的意思说，是什么动机和目的，结果被人利用，小事弄成大事，打伤了人，受到法律的制裁。有的年轻人被人请去吃喝一顿，就认为是人家对他好，遇到好人了，也不想想人家请他吃饭的目的，竟然心甘情愿受别人的指使，被他人当枪使。

我有时想，一个人如果把好人当成了坏人，那还不要紧。但是，如果把坏人当成了好人，那可就惨啰！所以认识是何等重要啊！

如何透过现象看到本质？如何在相同的现象中看到他人不同的目的和动机？首先是要建立一个概念：相同的现象，有着不同的本质。就是要多个心眼，不要被事物的表面现象或假象所迷惑，不要认为表现出来的"好"，就一定是真的好。其次，是要动一番脑子，要肯动脑、会动脑。以各种现象为基础，运用我们的理解力，运用逻辑思维，通过分析、综合、比较、抽象、概括等一系列的思考过程，抓住事物的本质。这是获得正确认识的基础，没有认识事物本质的能力，想要认识正确只能是一句空话。再者，运用逻辑思维分析问题是人类与生俱来的能力，是我们分辨真假、分辨善恶的工具和方法。只有经常运用逻辑思维分析问题，才能熟能生巧，不仅能提高自己分析问题的能力，更重要的是能够透过事物的现象，认清事物的本质。从自发到自觉，逐步实现从"必然王国"到"自由王国"的飞跃，始终把握住认识和人生的主动权。这也是我一直追求的目标。

减　肥

时下，很多人都在减肥。女士减，男士减，年轻的减，年纪大的减。我也加入到了减肥的行列。

也许因为年龄大了，只要吃饱就长肉。至今我也想不明白，年轻时怎么吃也不长肉，有肉也只长在脸上，弄了个脸上饱满的"表面光"，身上却是干瘦，始终在120斤之内。年纪大了却不同了，脸上瘦，身上胖。为什么会有这样的变化？又是一个想不明白的问题。再说，年龄大了，消化功能减弱了，为什么会把食物转化为肥肉呢？应该是"怎么吃进去的，就怎么给我吐出来"才对呀！

研究来研究去，最后认定，罪魁祸首还是运动少了。年轻时胖不起来，是因为总在运动。2020年前后，运动少了，又把抽了50多年的烟给戒了，体重噌噌往上涨，达到了160斤，虽然还没有明显的"将军肚"，但已严重超标，进入了肥胖的行列，走路都有点儿上气不接下气了，等于是吃饭、睡觉都比之前多背了40斤东西，如何让人轻松得了？已经到了非减不可的地步。再说"有钱难买老来瘦"，瘦了就减少了心脏负担，又方便运动。我也喜欢干巴老头，我觉得男人就要有骨感，那是力量的象征。我讨厌我现在的大脸巴子，更讨厌身上的肉，摸着肉滚滚的，洗个澡都不好洗，还增加了洗的面积。

说减咱就减。既然肥是运动少造成的，那就开始运动，增加运动量，增加消耗，增加支出。在摄入量不增加的情况下，坚持运动，时间长了自然也就瘦下来了。

每天早上五点半起床，到小树林里，拳打脚踢、舞枪弄棒一个小时，弄得大汗淋漓，冬天头上冒着热气，单衣和擦汗巾一早上能拧出一斤汗水，再把拧干的湿衣服穿上，补充一些凉白开，接着练。天天如此，风雪无阻。3 个月下来，体重降到 140 斤，就稳定下来，降不动了。虽然已不是肥胖分子了，但体重还在标准上限之上。

一天早上，有个老者小心翼翼地发表了他的意见，我说他小心翼翼，是觉得他是个谨慎且不多事的人。我已经发现他和另外一个老年人，观察我一段时间了。前两天，和他在一起的那个老年人，走过来，指着他对我说："他是个老中医，他说你这样锻炼过量了。"我当时对他微笑、点头，以示感谢。大概是见我一直如此，他可能是出于医生的良知或人的本能，又怕我不愿意听，他内心矛盾，纠结了一会儿，却还是亲自走过来对我说："你出这么多汗，又喝这么多凉水，身体受不了，反倒会影响健康甚至寿命。"我说了声"谢谢"。他便走开了，我后来不曾再见到他——一个头发花白、瘦瘦的老人。

其实，我也意识到，量变超过了一定限度，就会往相反的方向发展，所谓"物极必反"。我当时只是恨体重下不来，而"蛮"了一些。现在有人提醒，就更引起我重视了，我也认识到过度地运动，会加速"机件"的磨损和人体机能的下降，就像一台超负荷运转的机器，使用寿命必然会受到影响。所以，就逐渐地减少了活动强度和活动量。

做什么事只靠一个办法也不行。减肥还没有达到预期效果，还要另辟蹊径，换一种方式。

中医讲究阴阳平衡。其实"平衡"也是中华文化的一部分,甚至是中华文化的核心追求,它形成了体现平衡的阴阳哲学和辩证思维。在阴阳哲学和辩证思维指导下,又形成了以友好相处为主旨的"和"的文化。

既然消耗量增加不上去,就只能减少摄入量,摄入量小于消耗量,自然就能达到减肥的目的。

想要吃得少,对我来说比加大运动量要困难得多。首先是心理难以平衡,我们这代人都有过吃不饱的经历,曾经把"能吃饱"当作最大的幸福。人活着拼命地挣钱,不就是为了吃饱穿暖吗?为了减肥而不能吃饱,着实心里难以平衡。这究竟是否合算呢?虽然有"早上吃好,中午吃饱,晚上吃少"的养生说法,也有古人说的"过午不食",但都很难落到实处。别说是"过午不食"了,就连只吃七分饱我都做不到,不吃饱心不甘啦!

控制饮食只能依靠自制力,别人帮不上忙。如果连嘴都管不住,还能做什么?我早上只吃两个鸡蛋、一个水果,喝一包牛奶;中午半碗米饭,若干青菜。早、中餐都只吃七八分饱。晚餐是关键,一根黄瓜或半个鸡脯肉或二两豆腐,喝少许能照到人影的杂粮粥。19时之后,不进任何食物,连一粒瓜子都不嗑。直到次日8时,运动结束后再吃早餐。晚餐后要散步一小时,要保证睡前已是空腹。这样每天我可减二到四两。减肥期间的饮食,清淡、少油、少糖,常吃水煮鸡胸肉、水煮豆腐、水煮鸡蛋,每餐少油、少肉。每餐饭前半小时要有饥饿感。两个月下来,我体重降至122斤,血糖也降了两个单位,并保持了两年。

后来听有的专家说,老年人的体重要控制在标准体重的上限。我觉得他说得有道理,要适当保存一些脂肪,以备不时之需。万一真到了"水饭不进"的时候,还能抵挡一阵子,以图转机,所以我照做了。放任让体重反弹至128斤,并一直保持着。

这个体重中等偏上，离上限还有 7 斤。7 斤余地应该没啥问题。

我圆满完成了减肥的任务，达到了减肥的预期目标，减肥是成功的。现在还可以随意调整体重，养成了较好的饮食习惯，饭量也小了，体重是很难反弹的。我也有自己的经验和体会，要办成一件事不是只有一种方法，要采取多种措施、多种方法才能奏效。减肥的方法能有上十种，运动加节食，肯定比单纯运动的效果好，多种方式、方法，必有一种是最佳的，我认为节食减肥的方法，最适合我们老年人。随着身体机能的逐渐衰退，运动能力会越来越弱，靠运动减轻体重将越来越不可能。随着年龄的增长，节食减肥将越来越成为首选手段。过量地运动也是一种对生命的耗损。再说，吃饱了又去把它消耗掉，费时、费力、费钱财，是一件很不合算的事情。

我要坚持现在的饮食习惯，巩固现有的减肥效果，坚守"老来瘦"的状态。

戒　烟

说到戒烟，最好是从抽烟说起。

1967年到1968年的一年多时间里，读不成书了，我就在生产队劳动。那时候是大集体干活，像工厂那样，大家一起上工，一起放工，上、下午中间各休息一次。

我父亲当生产队长，休息的时候，就叫我给大家读《郧阳报》。那个时候的《郧阳报》不知是月刊还是半月刊，总之不是日报。父亲虽然多方收集报纸，但仍满足不了读的需要。把每张报纸的角角落落都读完了，还是"供不应求"，最后终于"断供"了。

没有报纸可读，我就算被"解放"了，那时十五六岁，还想着玩儿。休息的时候，男人们抽烟，女人们纳鞋底。我们就"狂"，摔跤、打闹、追逐，弄得尘土飞扬。大人们看热闹之余，还嫌我们影响了他们的休息。父亲有些生气，却也找不到《郧阳报》。就给我做了一个烟袋：铜烟锅、铜烟嘴、铜烟管，三样连接起来有五寸长，短小精致。不知在哪儿弄了个麂皮的烟尚包，连接烟袋与荷包的绳子也是由四根麂皮皮条组成的，荷包上还有一个用野核桃做的坠子。这烟袋全身铜制，专业、精致、配套齐全、方便实用，通身金黄色，比父亲的烟袋好。父亲给我时，我高兴得合不拢嘴，爱不释手。后来才明白这是父亲的疼爱。

父亲可能认为，烟袋是男子汉的标配，是男子汉的标志物，它标志着儿子长大了，从此我也与烟结下不解之缘。开始抽老旱烟时，恶心、头晕，但还是坚持着，还自我陶醉在抽烟之后的两个动作上，觉得很潇洒：磕掉烟灰，把野核桃坠子从腰带的下面推到腰带的上面，烟袋就挂在屁股后面了，怎么弄都不会掉。

抽烟持续了54年。

硬要说的话，抽烟也有好处，在发愁、着急、生气、劳累的时候，抽一支烟，心情会很快轻松舒缓下来。心情好的时候，抽一支烟也会使人很愉快。

但是，坏处更多。首先是经济上的支出，抽烟费用一直占我工资收入的十分之一，占生活费的三分之一。随着年龄增长，三天两头嗓子发炎，经常咳嗽、低烧，左肺上也有结节。想戒烟，下不了决心，拖了几年，最后还是决定彻底把烟戒掉。

习惯的力量是强大的，抽了50多年的烟，要想一下子戒掉，确实很困难。戒烟的困难来自两个方面。一是思想上的，主要是心理上不平衡，觉得自己也没有别的不良嗜好，就是抽个烟。挣钱就是为了花的，不抽烟，心里闷了、愁了，没个解闷的。二是身体上的戒断反应。开始想，长痛不如短痛，不拖泥带水，说戒就一下子戒了，一支也不抽，把剩下的烟扔了，把火机砸了。我试了一周，头几天还可以，第五天之后就心烦意乱、焦虑、烦躁、失眠、血压升高，肠胃也不舒服。有时候很恍惚，头脑不清楚，甚至有跳楼的冲动，就不敢再继续了。

因为年龄大、烟龄长，身体已适应并依赖尼古丁了，突然戒烟，身体不适应，尤其是大脑，易出现神经症状，甚至出现精神障碍。过去也听说，有人因突然戒烟而自杀的，还有心脑血管发生病变的。

后来采取循序渐进的方法，这样更科学，更符合客观规律，让身体逐渐适应戒断反应,以缓解戒断反应的痛苦。

第一步,减少抽烟的频率。慢慢延长抽每支烟之间的间隔时间,采取"拖"的办法,找各种理由和借口,等一会儿再抽,能赖就赖掉。通过喝水、干活等办法转移注意力,不到万不得已,不抽下一支烟。再就是饭后的那支烟,烟民都叫它"神仙烟",饭后一小时之内,坚决不抽。能把这支烟忌住,其他时间段的烟就好戒掉了,因为饭后这支烟最香。

第二步,减少抽烟的量。从一次抽一支,改成一支抽两次。不是一支烟抽一半,掐灭了,留一半下次抽。而是事先将烟切成两段,分两次点燃。然后再把一支烟切成三段,分三次抽。一小口一小口的浅抽,能应付就应付。因为烟的长度缩短了,所以,每次只能抽两到三口。

过去抽烟还走鼻腔,现在就只能浅吸,在口腔里转一圈就吐出来,不再走鼻腔了。

第一步和第二步需要一个月时间,此时烟瘾也不是很大了。

第三步就是完全不抽了。坚持了三个月,还不讨厌烟味,闻到烟味还觉得香,如果这时有"烟鬼"勾引,很容易复抽。因为抽烟的历史忘不了,抽烟的感觉忘不了,三个月的戒烟过程是很痛苦的,权衡比较后,就容易坚持不住。

这到了考验自己意志力、自制力的时候了。首先,还要充分认识到抽烟对健康的坏处,记住抽烟给身体带来的病痛和不适。其次,要调整好心态,三个月都坚持下来了,不能前功尽弃,坚持就是胜利。再次,忘掉抽烟的历史,克服心理上对烟的依赖,想抽烟的时候转移注意力。也经常给自己做思想工作,鼓励自己坚持到底,男子汉别懦弱,说到做到,不达目的不能罢休。过去遇到过无数的困难,都一一克服了,必要时都能两天不吃饭,少抽一支烟又算得了什么?最后就是依靠意志和自制力,靠对自己的狠劲。吃零食、嗑瓜子、嚼口香糖都试过,都没有用,还会再养成吃零食的毛病。就是要靠一个小时一个小时的克制,坚持一个小时就是一个小时的胜利。一天一天地克制,坚持一天就是一天的胜利,没有捷径可走。

经过半年的努力,我成功地把烟戒了。戒烟已经四年了,我没有再抽一支烟。以前的病痛和不适都消除了,我很高兴。同时也为自己的意志力和自制力感到骄傲。

一个人想要办成一件事,就要对自己足够"狠"才行。洗脸怕打湿手,吃饭怕打湿嘴,吃不得苦,受不了罪,耐不住寂寞,说到做不到,对自己很娇气,肯定什么事也办不成。

纪行

第六辑

也走长征路

上小学时，课本上有红军长征的故事，如《飞夺泸定桥》《七律·长征》等。我还看过电影《突破乌江》。从那时候起，我就想着有机会去红军走过、战斗过的地方，实地感受红军的长征精神和英雄事迹。

后来我参军，又转业地方，都很忙，未能实现这一愿望，退休了也走不开，多年夙愿仍不能实现，还停留在梦里，心中始终难以平静。转眼已迈入古稀之年，必须要付诸行动，否则机会就更少了。

所以，我花5.6万元，买了一辆风光500型SUV（运动型多用途汽车），手动挡、自吸发动机，1.5L排量。这车好在把后排座位放倒，就是一张床，旅行时睡车上，可节省住宿费用，减少开支。

我第一个目的地，就是红军走过的草地。

2022年7月，正值红军第一次过草地87周年之际。我携发妻，从松潘县城出发，过岷江红军桥，沿213国道，到松潘县川主寺镇，参观了红军长征纪念馆。然后沿213国道向西北，进入松潘草地。这个季节的松潘草地，蓝天白云，地面翠绿，草深不过寸，像铺在地上的绿地毯，草地上没树，没石头，到处有水洼，公路笔直地伸向远方。我们要去草地核心区，无心欣赏眼前景色。再拐到 301 省道向西南，就到了红原县瓦切镇。远远就看到，矗立在草地上的"红军过草地纪念碑"。有碑文为证：日干乔大沼泽，其位于红原县瓦切镇北部，东临松潘县，西连阿坝县，北与若尔盖县接壤，面积约 250 万亩。是红二、红四方面军，左路纵队穿越草地北上的必经之路。日干乔大沼泽，茫茫无际，渺无人烟，气候异常，被称为陆地之上的"死亡之海"。

横亘在红军北进途中的松潘草地，纵横 600 里，海拔 3000 米以上。有黄河上游的两大支流——黑、白二河，迂回曲折其间，汊河横生，曲流交错遍布，水流淤滞而成大片沼泽，水草丛生，形成草甸，草甸之下，积水淤黑，泥泞不堪，浅处没膝，深处没顶。稍有不慎陷入泥潭，就将遭受灭顶之灾。草地气候十分恶劣，雨雪冰雹来去无常，昼夜温差大，氧气稀薄。草地既无道路，也无人烟，更无可食之物。红军无雨具、无取暖材料、无遮风挡雨之物，甚至连棵树都没有。

1936 年 7 月，红二方面军和红四方面军分为左、中、右三路纵队开始北上，踏上了征服泽国草地的艰难历程。其中已经两过草地的红四方面军的第四、第三十军，第三次穿越一望无际、满目苍凉、绵延数百里的大草地。他们面临行路难、御寒难、宿营难的问题。大家以野菜、草根、马皮和皮带充饥。

在穿越大沼泽的途中，因粮食、药品等各类物资缺乏，许多战士因饥饿、寒冷、伤病牺牲在草海、泥潭和沼泽中。据有关文献记载：红四方面军二过草地时，不时会看到第一次过草地时牺牲的红军战士的遗体。他们有的手拉着手，胳膊挽着胳膊，一齐倒在地上；有的趴在地上，背上还背着战友；有的还保持着向前爬行的姿态；有的女战士抬着伤员一起牺牲，担架还压在她们肩上……悲惨景象触目惊心。

据参加过长征的老红军回忆，那是一段刻骨铭心的经历：过草地，难于上青天，因为到处是死亡陷阱，是长征途中最艰苦的路程，非战斗减员非常严重。草地昼夜温差大，仅夜间冻、饿、病牺牲的战士就很多，红一军团有一个班，整整齐齐背靠着背，怀里抱着枪，像熟睡的样子，再也没有醒过来。不少战士，白天还好好的，宿营后，就这样静静地长眠在草地上了。

他们也是父母生，父母养，也许有妻子儿女。他们是为了自己吗？不是，如果单纯为自己，至少不用背井离乡，牺牲在这荒野之上。他们是为了推翻那个人吃人的旧世界，是为了劳苦大众翻身得解放，是为了北上抗日。他们是热血男儿，她们是女中豪杰，他们是可敬之人，是不应该被忘记的人。我的崇敬之情无以言表。

经过将近一个月的长途跋涉，红二、红四方面军终于走出了草地，于8月上旬到达班佑、包座地区，取得了北上的重大胜利。

为弘扬长征精神，纪念在穿越大沼泽途中牺牲的红军战士。1960年7月，经国务院批准，建立红原县（意为红军走过的大草原）。

红军长征的壮举，已经过去了近90年，国家投入资金对松潘草地进行了建设，有些地方开发成旅游景区。在草地上，修建了旅游栈道，伸向草地深处。危险区域和道路两侧修了围栏，防止游人进入。草地周边通了公路，松潘草地换了新颜。

在遵义见到了多年没见面的战友，参观了遵义会议会址，下午就奔娄山关了。

第一次娄山关之战，是1935年1月6日至1月22日，保卫了遵义会议的胜利召开。第二次娄山关之战，是1935年2月24日至2月28日，是四渡赤水的关键一战，是红军长征以来的一次大胜。毛主席在娄山关上吟出了悲壮的诗《忆秦娥·娄山关》：

"西风烈,长空雁叫霜晨月。霜晨月,马蹄声碎,喇叭声咽。雄关漫道真如铁,而今迈步从头越。从头越,苍山如海,残阳如血。"描写了红军指战员英勇鏖战的壮烈情景。我最喜欢其中两句:"雄关漫道真如铁,而今迈步从头越。"在人生困难的时候,我常拿它鼓励和鞭策自己。我怀着崇敬的心情,游览了大尖山、小尖山等战场遗址。游览了雁鸣塔、诗词碑、长空桥、陈列馆、西风台、观海楼等。

红军四渡赤水,第三次渡赤水的渡口在茅台镇。茅台镇分布在赤水河两岸的山坡上。房屋依山就势,鳞次栉比,错落有致,体现了人与大自然的和谐共生。这茅台镇有上千家酒厂,家家酿酒,家家卖酒,家家门前摆着几口大酒缸,家家都请你免费尝酒。要是会喝酒者,到此一游,在街上走一圈,管你醉三回。我酒量不行,满街的酒味,我都闻醉了,真是受不了。

赤水河沿岸都是紫红色土壤和页岩,经雨水冲刷入河,河水变为红色,因此而得名。真是一方水土养一方人,没有赤水河,也酿不出茅台酒。赤水河是名副其实的"英雄河""美酒河"。茅台酒厂戒备森严,我只"鬼鬼祟祟"地在外围看了几眼。茅台镇比我们县城大,高档酒店、宾馆比比皆是。我也参观了"中国酒文化城",全在说酒,全是酒话。难怪红军在这里三渡赤水,用酒疗伤,此乃聪明之举。

2022 年 9 月 13 日,我们参观了红军突破乌江的主题群雕、回龙场渡口、竹筏广场、回龙广场、陈列馆、乌江特大桥和大乌江镇。

1935 年 1 月 1 日开始,中央红军三个军团开始在江界口、回龙场、茶山关三个渡口同时渡江。从一开始的用竹筏强渡,到落水后强忍寒意偷偷过江,经过近一周的坚持,1 月 6 日,中央红军全部渡过了乌江天险。敌人"围歼"红军于乌江南岸的企图化为泡影。

乌江是贵州的母亲河。江面不算宽，但水深流急。蜿蜒而来的乌江，两岸峭壁矗立，地势险要，素有"天险"之称。乌江名字的由来也有四种说法。但我认为，乌江因两岸山高，峡谷近似垂直，江窄、水深，两岸绿山映于水中，加之太阳光照射不到江面，上述原因凑到一起，使江面呈深绿色，甚至是黑色。乌江因此而得名。

之后，我们又去了红军"飞夺泸定桥"之泸定桥、"巧渡金沙江"之金沙江。我的夙愿终于实现，很高兴，很满足，很幸福，对长征精神也有了更深刻的认识。今天中华民族伟大复兴，都是无数革命先烈用鲜血和生命换来的。

长征精神是对信念的坚守，是对理想的执着，是对勇气的考验，是对坚韧的磨炼。

长征精神永存。

远游西藏

古稀之年的我还没有正经八百地游过山,玩过水,退休后,几次都动了心思,却因各种事情而未能实现。

眼看年纪大了,再也拖不得了。今年买了一台5万多元的SUV,准备带着发妻自驾游。根据身体实际情况,决定先挑远的、难走的地方游,把近处、好走的地方,放到后面,身体差些了再慢慢游。所以决定先去西藏。我们准备了帐篷、被褥、灶具、水桶、小桌子、小凳子、气垫床、吃食等,打算就吃住在车上,以节省旅馆费,因为旅馆费也是一笔不小的开销,在旅游费用中占的比重较大。

按计划,打算从青藏线进,从川藏线出。一路往西,第一站是定军山、武侯祠。过去仅在《三国演义》里见过的地名,实地走一趟,心里特别自豪,觉得自己也走进书里了。再说,诸葛亮是中国人敬仰的人,是中国传统文化中忠臣与智者的代表人物,应该叩拜,以示敬仰之情。

接着继续往西,游了九寨沟、黄龙、松潘草地(红军走过的草地)、九曲黄河第一弯、阿尼玛卿山、青海湖。一路走来,景色美不胜收,让人心旷神怡,我们仿佛置身于一幅天然画卷之中。天下最美的风景一览无余,甚是惬意。我们还去了我当新兵时训练、生活的地方。它像初恋,也可能是先入为主的缘故,使人难以忘怀。故地重游，感慨万千，感叹岁月如歌，感叹历史的沧桑和岁月的无情。看也罢，想也罢，终是半个世纪之前的事了。人非！物也不是了。发妻见我，触景生情，过来劝慰道："这是个好地方，明年来此避暑。"

为了做好进藏的准备，我们特意在青海湖南边的共和县停下来。一是需要休息一下。二是要适应高海拔地区的环境，也就是要慢慢适应空气稀薄的环境。共和县平均海拔约3200米，一般人应该有反应了。我和发妻还好，暂时没有明显感觉，但是还要适应两天，因为后面要过海拔5000米的高度。三是要准备物资、确定进藏路线，弄清楚所经过地区的海拔高度，确定住宿点以及注意事项。进藏路线选择走东线，走214国道，经玉树、那曲到拉萨，总里程1982公里。优点是，途经11个县（市），人口密度大，故事多。这条线是文成公主进藏的路线，是历代王朝驻藏大臣进出西藏的路线，是连接云南的茶马古道，是一年四季的风景线，有长江源、澜沧江源和怒江源。而走西线109国道，虽然近了200公里，但人烟稀少，没啥故事，就是过了个昆仑山。单车也不宜走人烟稀少之地，安全第一。因为我们年纪大了，确定在海拔高度超过4000米的地方，尽量不住宿，只做短暂停留。我们买了氧气包、血压计、红景天。思想、物资都做了充分的准备。

2022年7月30日，我们正式踏上进入西藏的旅途。第一站是玉树，全程665公里。路有点儿不好走，西北高原冻土层，夏天翻浆，公路到处鼓包，形成纵、横波浪。要是单纯纵向的波浪，时起时伏，只把人搞得头晕，要是加上横向也有波浪，就容易翻车。所以，要瞪大眼睛，尽量避开横向的波浪或骑着浪顶过。翻越海拔5266米的巴颜喀拉山，跨过通天河，通天河是长江源，《西游记》中唐僧师徒曾三过此河。我们当晚住玉树，海拔高度约4493.4米。第二天上午，游览了文成公主庙、文成公主纪念馆、唐僧晒经台、唐蕃古道,参观了玉树地震遗址纪念馆。

7月31日,计划进入西藏,到类乌齐县住宿。全程383公里。翻越尕拉尕垭口,海拔4493米。不料,刚进西藏,在甲桑卡乡,遇到暴风雨,所以,当晚便住在甲桑卡乡。离类乌齐还有100公里,未完成当天计划。

8月1日,先在甲桑卡看了澜沧江源。然后,继续向拉萨进发。翻越他念他翁山,海拔4000~5000米,最高峰海拔6324米。当晚住索县荣布镇,看到了怒江源的主干流。吃晚饭时,遇到在邻桌吃饭的两对山西夫妻,也是自驾游,各开一车,他们是从318国道进拉萨,从317国道出拉萨。不知怎么的,突然提起我开的是5万元的车,其中一人带着担忧和讥讽的口吻说:"你开5万多的车,也敢进西藏?"我回敬道:"你开的车多少钱?"他说60万。我说:"路上不输你。跑车在人不在车。"后来跑怒江七十二拐,我照样利用弯道超车。因为我的车马力小,上坡跑不过人家,只能利用弯道超车。

8月2日,从荣布镇出发,离拉萨还有690公里。翻越念青唐古拉山,安吾拉山口,海拔5000多米,下车照相有点儿晕,处于似醉非醉状态。岗巴拉山,海拔4824米。江古拉山,海拔4900米。下午三点多,到达那曲市,因为那曲是全国海拔最高的地级市,平均海拔4500米。原计划也没打算住宿。吃完饭在市区转了一圈,蛮好,干净、整洁、人少、很漂亮。我们在市政府门前照了几张相,就又出发了。还与青藏铁路的火车,并驾齐驱了一小段路。当雄、羊八井均未做停留。那曲到拉萨320公里,一口气跑到。这是进藏最累的一天,原计划五天的路程,四天完成。

在拉萨逗留期间,游览了布达拉宫、大昭寺、古城八廓街、拉萨河、西藏和平解放纪念碑以及川藏、青藏公路通车纪念碑。

参观了西藏博物馆、西藏百万农奴解放纪念馆。置身于拉萨的大街小巷，领略了雪域高原的神秘而独特的风情。感受到了藏汉一家亲，心底感到宁静与祥和，心灵得到放松和安宁。拉萨是极具神秘色彩的城市，有悠久的历史、文化，又有壮丽的自然景观。

建在玛布日山上的布达拉宫，依山而建，高13层，达178米，巍峨壮丽，如诗如画，熠熠生辉，曾是西藏历史上政教合一的统治中心。我们从前、后、左、右看了个仔细。

大昭寺金碧辉煌，是历史的瑰宝与信仰的圣地，朝拜的人们络绎不绝。

古城八廓街，佛教文化和自然景观相得益彰，是现代与传统的完美结合。

西藏博物馆文物丰富，记载了西藏上下5000年的历史。

西藏百万农奴解放纪念馆，生动展示了党领导西藏各族人民，砸碎旧西藏政教合一的封建农奴制枷锁，建设社会主义新西藏的宏伟画卷。

西藏和平解放纪念碑，是西藏和平解放的象征，是对西藏和平解放这一中国现代史上重大历史事件的永久纪念，以志先烈，永昭后世。

川藏、青藏公路纪念碑，深切缅怀为修两路而牺牲的英烈，寄托无限的哀思。

蜿蜒的拉萨河，是孕育拉萨的母亲河，是世界上最高的大河之一。河上的水鸟聚集嬉戏，与时而飞过的直升机相映成趣。

古稀之年，走此一遭，实属不易，本想多玩两天。无奈女儿要去上级公司帮助工作，10岁的外孙女无人照顾，我们只能打道回府。

我的新车跑了近5000公里，计划到林芝市做走合保养。林芝市在喜马拉雅山、念青唐古拉山、横断山的交会处，有"高原小江南"的美誉。车保养毕,我们又去雅鲁藏布江大桥,还有雅鲁藏布江与尼洋河汇流的景区,溜达一趟。第二天到米堆冰川逛一圈。晚上住波密县,也是漂亮的地方,有帕隆藏布江穿城而过,远处的雪山与近处的江水交相辉映。

8月9日是我们最辛苦的一天。计划从八宿县到芒康县的如美镇,因为沿途只有如美镇海拔低,这段路是318国道上最难走最危险的。一出八宿县,山体近似垂直,公路上方用钢筋制成网,与山体成30度夹角,拦住滚落的石头,车从下面通过,甚是骇人。前方将翻越宗拉山、业拉山、觉巴山、东达山、拉乌山等五座大山,海拔都在4000米以上,其中东达山海拔5130米。这些山都属于横断山脉。过怒江老虎嘴、怒江峡谷、怒江大桥,走业拉山九十九道拐、怒江七十二拐。跨越怒江、澜沧江、金沙江,风景多、风险多、路窄堵车多,全程314公里,需要13个小时。但是,下午又临时决定,不在如美镇住宿,提前入川,增加150公里到四川巴塘县休息。由于临时改变计划,没有好好地欣赏澜沧江,给此次旅游留下了唯一的遗憾,但一天跨越三条大江,本身就是难得的经历。

结果在离巴塘30公里的竹巴龙乡,堵车一个多小时。22时20分,在竹巴龙乡水磨沟村停车,我们只好在车上休息一晚。次日,沿金沙江向北20公里,在西松贡村,有一个很漂亮的村落,金沙江围其三面,右转向东去巴塘县,翻过沙鲁里山,就到了号称天空之城的理塘县,平均海拔4014米。游完天山牧场,走天路十八弯,当晚住雅江县城,雅砻江由北向南穿城而过。

8月11日,翻过横断山脉的折多山,也是大雪山。过康定市,到泸定县。下午往返泸定桥一个来回,感受到红军英勇无畏的精神,敢打必胜的信念和巧妙的战术。在如此狭窄之地,夺取泸定桥,实属不易。当晚住泸定的大渡河岸边。

8月12日，最折腾的一天。翻越二郎山时，发现观景台上挂有《歌唱二郎山》的词曲，我好兴奋。小时候就会唱这歌，此时身临其境，加之对英雄的敬仰，我就旁若无人地大声唱了好几遍。唱累了又去摘山上的野李子吃，仿佛自己又回到了孩童时代，高兴得不能自已。

中午就到了峨眉山，在零公里处购票，却没有买到票，只好改去乐山市。想去看大佛，还是买不到票，只好在大佛附近的公园游玩。20时，开车转到大佛对面的大渡河岸边，拍大佛。然后，又开车往峨眉山方向走，欲等天亮了，再去逛峨眉山。先在一个工地门口，煮方便面吃了，又往前找一个加油站。因为加油站有水、有厕所，就在附近停下车，在车上过夜。

13日早上，我们在峨眉山景区购到了票，就坐景区观光车，上了峨眉山。峨眉山真的是"天下第一秀"，峨眉天下秀，山势秀而柔。不愧是集自然风光、人文景观和佛教文化于一体的旅游胜地，尤其是金顶更值得称道。金顶时而云开雾散，时而云起雾卷。四面十方普贤金像和华藏寺，若隐若现，宛如仙境，香火缭绕，让人心生敬畏，感受到神秘而庄严的气息。在金顶上俯瞰山下，云海翻腾，我们欣赏到山川秀丽的风光，感到自己仿佛置身于一幅仙境画卷中。

游完峨眉山，又看了报国寺。

明天我们打算回家。这次西藏之旅，很有意义，收获颇丰。一是见识了很多名山、大江，二是领略了高原和草原的风光，三是挑战了自我。古稀之年，自己开车，敢于游高海拔地区，经过最高的海拔是5266米。驾车走了最难走的318国道，全程7600多公里。这些都是对身体和意志的挑战，是此生值得自豪的事。

重庆之行

2023年9月6日，我游览了重庆的朝天门码头、朝天门广场、东水门、通远门、重庆古城墙和解放碑。

朝天门，是重庆山城的一道风景线，是很多人向往的地方。朝天门码头雄踞嘉陵江与长江交汇点，形似一艘远航的巨轮准备起航。站在朝天门广场，能看到嘉陵江和长江在这里汇聚，沙嘴两边的江水，泾渭分明：长江水浑浊，黄黄的；嘉陵江的水绿绿的，给人清清亮亮的感觉。又坐游船游了长江和嘉陵江，站在船头，两岸高矗的楼宇和巍峨的群山，频频向我走来，心中十分惬意和满足。在嘉陵江千厮门大桥上可以尽情地欣赏重庆两江三岸的景色。长江上的东水门大桥也很漂亮，它采用单索且大间隔的斜拉索结构，桥身镂空度很高，在桥上观看四面景色，一览无余，毫无遮挡。嘉陵江上的千厮门大桥和长江上的东水门大桥，连接了两江四岸，形成了名副其实的市中心。

重庆的解放碑，全称"抗战胜利纪功碑暨人民解放纪念碑"，高27.5米。刘伯承元帅题写碑文。它是中国唯一的一座纪念中华民族抗战胜利的纪念碑，是重庆的标志性建筑，是重庆的象征，山城的名片。解放碑由于位于渝中区商业步行街的中心地带，这里是商贸中心，是"双百亿"的商业圈，所以被挤在中间，比周围的高楼矮了一大截。

明天准备游歌乐山,为了节省开支,当晚把车停到歌乐山,老年康复医院住院部的大楼前,便于用水和使用卫生间。可 9 月的重庆还有点儿热,蚊子也多,使得我晚上没有休息好。

9 月 7 日早上,我们从这里直接到歌乐山森林公园。据说,歌乐山是因大禹治水成功,在此歌舞娱乐而得名。歌乐山历来是巴渝游览胜地,素有"山城绿宝石""天然大氧吧"的美誉。蒋介石、冯玉祥等人也在山上设有官邸,并有大量题刻。我游览了巴文化广场、飞云桥、聪明泉。我不服老,不坐登山索道,同几个年轻人一道,爬上了海拔 678 米的歌乐山山顶,与重庆市坐标原点标志塔合影留念。

下山时,途经松林坡烈士殉难处。1949 年 11 月 29 日,中华人民共和国已成立近两个月。在重庆解放的前一天,国民党在溃逃之际,将关押在看守所的 32 名"政治犯",由保密局特务押到此地,秘密杀害。

松林坡以山上松树遍坡而得名,是白公馆的后山。再往前走又见到《红岩》小说里小萝卜头的遇难地。导游讲解道:1949 年 9 月 6 日,小萝卜头(宋振中)和他爸爸、妈妈,还有杨虎城及其次子、幼女在此同时被杀害。据特务杨钦典事后交代,特务们在室外杀了杨虎城和其次子杨拯中后,转向屋内,小萝卜头妈妈徐林侠见状愤慨地对特务杨进兴说:"你们不能杀害这两个孩子。"这伙灭绝人性的禽兽,一言不发,当着孩子们的面,逼向宋绮云、徐林侠,劈胸就是几刀。两个孩子吓哭了,特务们一边杀害大人,一边号叫着:"不许哭。"两个孩子吓坏了,紧紧搂抱在一起。接着特务们又逼向孩子,向杨虎城将军的幼女杨拯贵(比小萝卜头还小一岁)胸部捅了一刀,小萝卜头紧紧抱着血流如注的伙伴,高声呼喊:"我没有罪,我要出去。"两个特务又扑向小萝卜头。杨钦典交代:"我一手堵住他的嘴,一手掐着他的脖子，把他按在地上，没落气，在呻吟。是杨进兴用刺刀后，才死了。"听导游说到这里，我一股怒气，直冲脑门，悲愤的情绪如同狂野的洪流，无法遏制地冲刷着我的内心。这些伤天害理、灭绝人性的特务，连两个孩子也不放过。当时小萝卜头8岁，杨虎城幼女杨拯贵7岁。天理难容！小萝卜头至死还紧紧握住那一小截铅笔，他对知识的渴望，如同他对生命的渴望。小萝卜头遇害到今天，刚好是74周年，他如果还在的话，也才80多岁。中华人民共和国成立后，特务杨进兴逃回老家，还分得了土地，1955年他被群众举报，抓捕归案，1958年在重庆公审后被处决。另一个叫杨钦典的特务，是河南郾城人，他是杀害小萝卜头的帮凶。但念其在1949年11月27日白公馆大屠杀时，他把监狱大门的钥匙交给了罗广斌等人，放走了包括《红岩》小说作者罗广斌在内的19人。因而重庆解放后没有枪毙他。其实，救出这19人，《红岩》小说作者罗广斌，起了决定性作用，他在狱中就一直在做杨钦典的统战工作。杨钦典1966年又被抓进监狱，判二十年有期徒刑，1982年经再次审查后释放，2007年病死。

我今天的情绪很坏，一直处在悲愤之中，旅游的兴致一扫而光，简单地看了一下白公馆和渣滓洞，审讯室、刑具室，令人发指。据说，1949年11月27日，渣滓洞的特务们把革命志士堵在铁门里，用机枪扫射，然后又泼上汽油烧。当天有180多名革命志士被杀害，也包括孩子，只有15人脱险。11月27日，白公馆有27人遇难，包括黄显声将军、张学良副官李英毅，《红岩》中许云峰的原型许晓轩，刘思扬的原型刘国鋕。从1949年9月6日到11月29日共杀害321人，仅11月27日一天就杀害207人。11月30日重庆解放。这真是千古遗恨万古冤。

这些仁人志士，为了革命事业不怕艰难险阻，不怕流血牺牲，不怕把牢底坐穿。在革命已经取得成功，这些有功之人该受益的时候，却遭到敌人丧心病狂的屠杀。对敌人我恨之入骨，对革命志士我无限惋惜和悲痛。他们许多人不仅献出了自己的生命，还献出了老婆孩子的生命。共产党取得政权，没有忘记这些人，没有忘记建党的初心。中华民族能从半殖民地半封建社会的境遇中崛起，也没有忘记这些人，每一个有良知的中国人，都没有忘记这些人。

什么叫人生？什么是人性？我这古稀之人，对此有了更深刻的认识。

次日，去磁器口古镇转了一圈，那些古墙、古路、古房子似曾见过。特色美食、当地土特产琳琅满目，我也只是饱饱眼福。给我印象最深的是，站在街口看嘉陵江码头，那个感觉，跟站在老家县城南门看河边一模一样。我就想起南门槛的茴香饼，很多年没吃过也没见过了。

在磁器口花两块钱，买了一张轻轨车票。售票员告诉我："你坐两站后下车，别出站，再坐回来，不用再花钱。"我是想去感受一下坐轻轨的感觉，这与1970年我在北京坐地铁的感觉一样，觉得很亲切，一种美好的回忆。

此次重庆之行，五味杂陈，感受丰富，既有旅游的怡悦，又有对人生的思考，还有满腔的悲愤，带给我难得的心灵感受，是一次特殊的旅行。

"书 山"

山，有土山，石头山，还有书山。"书山有路勤为径，学海无涯苦作舟。"不！我说的可不是这个"书山"，而是正经八百的书山——梵净山，这里满山都是"书"。梵天净土云雾绕，满山"经书"稀世宝。这是我对梵净山的总体印象。

梵净山，武陵山脉主峰，海拔2572米，位于贵州省铜仁市。汉代属武陵郡，以后一直是"武陵蛮"崇拜的神山、圣山。明朝起佛教兴盛起来，成为僧众向往的"梵天净土"，故正式得名"梵净山"，民间则称"大佛山"，山中有护国寺、承恩寺、西岩寺、天马寺等大小寺庙数百座，是中国佛教名山之一。梵净山有丰富的自然景观和独特的地理环境，有云瀑、祥雾、幻影、佛光等四大天象奇观，被列为世界自然遗产，是"黔山第一"。

梵净山有东、西两个山门。我从印江县而来，所以走西门，经护国寺，坐景区观光车，到万米睡佛观景台。然后步行，走红军长征历史步道，经千万台、拜佛台、棉絮岭、蘑菇石到金顶。步行13.5公里，一路走来，云海苍茫，山间的雾气时而翻滚，时而弥漫。山峰若隐若现，云雾缭绕其间。将梵净山映衬得更加神秘而深邃，仿佛是一幅水墨画，又像是一处缥缈的仙境。

金顶有新、老之分。老金顶海拔2494米，是梵净山第二主峰，因月光下石壁上经常出现形似"弥勒佛为众生说法"的图像，故又名"月镜山"，建有燃灯殿，供奉燃灯古佛。老金顶有万卷经书、翻天印、九皇洞、万名洞、老鹰岩等景点。新金顶海拔2336米，垂直高差百米，是三座高峰中最险的一座，晨间常有红云瑞气围绕，因此也称红云金顶，谐音"红运金顶"。新金顶上半部分被"金刀峡"隔成两座孤峰。南面建有释迦殿，供奉释迦佛。北面建有弥勒殿，供奉弥勒佛。中间由天桥连接，状若飞龙。红云金顶从不同角度看，分明是"佛手二指禅"，也像生命的图腾，因此又被称为"天下第一峰"。

普度广场上人很多，挤得不透气，都是排队登红云金顶的。卖票的一会儿卖，一会儿又不卖了。登山的人也是一会儿被放一拨，一会儿又不让进。我抬头看看红云金顶，登山的路上也挤满了人，山路很陡、很挤、很骇人。它只有一条道，上山的人和下山的人挤在一起，不像老金顶那边是上、下两股道，游客各走各的，上下速度较快。我看红云金顶这边很麻烦，必须要等上面下来一拨人后，才能再放进去一拨。现在已是中午了，我担心天黑都别想上去。我们17时之前必须要赶回景观车乘车点，从这里过去还有13.5公里。至少要走三个小时。到目前，还没有正式看景点。我又看看线路介绍，还是老金顶那边景点多。红云金顶就只是陡、险、奇。关键是时间不够，两个金顶只能选一个，放弃一个。思考再三，还是去爬老金顶，老金顶还高些。

我在承恩寺转了一圈，就开始上老金顶。路经"蘑菇石"，它酷似蘑菇，亭亭玉立，看似一触即倾，其实岿然不动。这哪里是蘑菇，分明就是一堆"书"，它是由千枚岩形成，形如无数本书叠垒而成。下面不规则地堆了许多"书"，大概30米高，30米宽。上面放有四摞"书"，前面两摞，后面两摞，有二十几米高，每摞"书"宽度相等，有5米多宽。每摞"书"之间有缝隙，下面缝隙大，上面缝隙小，因为有两摞"书"上部歪向了相邻的那一摞。"书"是长方体，边缘规则齐整,"页面"清晰似可翻阅。往前走是"翻天印",分明就似底小口大的那种茶杯,倒扣在桌子上,上面又放了一摞"书"。所以人们说它像一个印章,那种长方形的印章。这一片"书"多,但有个共同特点,就是小底座上面放了一摞"书"。有的放得正,有的歪歪斜斜错位叠放,终究不倒。有好几摞呢!多少年过去了也没有倒塌。不由感叹自然之手,鬼斧神工创造惊天奇迹。再看"万卷经书",更是稀世珍宝。传说唐僧西天取经归来,专程到梵净山拜弥勒大佛,由于白龙马偶失前蹄,撒下许多经书,经书落地生根,唐僧认定是佛法显灵。既然这样,就把经书留下吧。所以就成就了今天梵净山一绝之"万卷经书",真的像万本书摞在一起。相比前面所说的"书",这里的"书"裁剪装订更精致,大小一致更形象,"书摞"四周平整,堆放得更整齐。共有六摞"经书",从正面看,左边的三摞高,整齐笔直,有 50 多米高。右边的三摞矮,也有 30 多米高。

再往上走,登山小道都是在"书摞"中穿行。"万名洞""九皇洞"也都是"书"堆积而成。爬上老金顶,发现燃灯殿也建在一叠"书稿"之上。金顶被锁在云雾中,俯视四周,云雾缭绕,什么也看不清,只能静听风起风落,坐看云卷云舒。偶尔只能看到远处的群山,好像身居空中。再看红云金顶,弥勒殿、释迦殿也建在一摞"书"上。总之,所有的山,都是一个个"书堆",上面没杂草,没树木,就是光溜溜的一堆"书"。偶尔有小灌木和杂草也会从"书摞"的缝隙中钻出来。反正满山都是"书",路上捡个小石片,也是十几页的"袖珍书"。

梵净山的岩石,由片岩、页岩以及千枚岩构成,梵净山群峰傲立。诸山峰像一本本书籍叠垒而成,或石筐放置,或自然堆放,或开卷待读。故梵净山也别称"万卷书"。有诗为证:"遍地尽遭秦火劫,名山还有未烧书。"

梵净山是名副其实的"书山"。

潇洒走一回

很久以前,就听人家说西双版纳如何美、如何漂亮,民族风情如何别具一格,所以我老是心痒痒地想去。可那时候没时间,没多余的钱,更没有交通工具。如今,孩子们大了,自己也老了,应该放自己一马,也去潇洒走一回。

自驾车从大渡岗服务区出发,经过边境检查站,直接去了野象谷。听说这是中国首家以动物保护和环境保护为主题的国家公园,是亚洲象的主要栖息地,也是许多其他珍稀动物的天堂。

走进野象谷,就融进了大自然的怀抱。空气中弥漫着清新的花草香气,耳边有悦耳动听的鸟叫声。有很多几个人都合抱不了的大树,树上还有小房子,可能是供观察和拍照用的。能偶尔听到大象悠扬的叫声,还能见到它们嬉戏的大水坑和保护人员巡逻的栈道,栈道是钢结构的。但并未与大象在此谋面,只是在看大象表演节目时,才一睹其芳容。表演也是老套路,但它会用大鼻子剥花生,这令我惊喜。我讨厌它用鼻子往游客身上喷水,可能还含有鼻涕什么的,所以我离得远远的。

接着我又去了西双版纳原始森林公园。眼前是一望无际的林海,郁郁葱葱,密密匝匝,参天大树一棵棵、一片片地出现在眼前。藤萝蔽日,我从未见过开得这样盛的藤萝,一片淡紫色的花像一条瀑布,从空中垂下,不见其发端,也不见其终极。阳光从树叶的间隙中钻出来，在地上撒满了无数个亮点。到处开满了鲜花。

我观看了猴群，它们还是一如既往地调皮捣蛋。有只母猴可能第一次当妈妈，把它孩子倒着抱起，说它几句，还对我龇牙咧嘴。懒得理它，关我屁事。

上百只孔雀从山谷中飞到湖边，场面甚是壮观。孩子们纷纷买来食物，到孔雀堆里讨好孔雀，孩子们高兴，孔雀也很惬意。我已没那兴趣，也不愿自掏腰包，给他人的孔雀买吃的，拍张照片，拍拍屁股走人。当晚宿勐仑服务区。

去了西双版纳，一定要看中国科学院西双版纳热带植物园，这是最值得一看的。它于1959年创建，是集科学研究、物种保存和科普教育为一体的综合性研究机构和国内外知名风景名胜区，占地面积1125公顷，收集植物13000多种，保存有250公顷的原始热带雨林，是我国收集物种最丰富、植物专类园区最多的植物园。幽长的小径，蜿蜒前行，两旁雨林组成了树墙。在这片拥有丰富生态资源的土地上行走的每一步都充满了惊喜。

没见过棕树林，就等于没来过热带雨林。各种棕树我都是第一次见到，比我们家乡的树好看多了。王棕叶片很大，从树顶一直垂到地面；董棕的叶子很美，像孔雀开屏一样张开着；马岛棕叶片很漂亮，一片一片都直立起来，表面有一层厚厚的白粉；油棕与霸王棕，一亩地能产棕油200千克，是花生产油的5~6倍，是大豆产油的10倍；菜王棕最高，都在25米以上，基部膨大，向上呈圆柱形，树体光滑，叶长3~4米，上举或平展。它也叫大王椰子，但它的果实不能吃。我也喜欢椰子树，茎干粗壮笔直，高20米以上，树干光溜溜的，无枝无蔓，巨大的羽毛状叶片，从树梢伸出，像撑起一把伞。茎幼时基部膨大，老时中部不规则地膨大，向上部渐狭，叶羽状全裂，弓形下垂。我最喜欢的是酒瓶椰子树，跟我差不多高，一根主茎几片叶子，主要是下部肥大，形似酒瓶，很漂亮，很有意思。棍棒椰子树也好看，比酒瓶椰子树高，能有5~9米高，"肚子"肥硕，"身材"细长，茎干像棍棒般光溜。我开始分不清棕树和椰子树，因为它们同属于棕榈科。但是细看是有区别的，椰子树高，能达30米，叶子狭长，像羽毛，叶长4~6米，树干没有明显的环状叶痕，中部肥大，果实像西瓜。棕树较矮，树高10米以下，叶片像手掌，像扇子，呈圆形，叶子长75~80厘米，树干包以暗褐色纤维的叶鞘，不光滑，果实一串一串的。

  细长的槟榔树，能爬上去的真不是一般人。还有三药槟榔、高榕、佛肚树、菩提树……数不清也记不住，植物种类包罗万象。水生植物园里生长着王莲、睡莲、芡实、萍蓬草、纸莎草等，数不胜数。

  勐泐大佛寺，是古代傣王朝的皇家寺院，是在"景飘佛寺"的原址上恢复重建的。"景飘佛寺"是一位名叫拨龙的傣王为纪念王妃而修建的。大佛寺依山而建，从万佛塔前广场俯视景洪市区，旖旎的热带风光尽收眼底，有身处异国他乡之感。勐泐大佛是东南亚最大的释迦牟尼佛祖的站立塑像，高49米，全身采用黄铜制造。大佛两手结印保佑芸芸众生，显得无限慈善安详、和平友爱。佛像俯瞰整个西双版纳。

  这里也有放飞孔雀的节目。说是万只孔雀，我看只有几百只，这边敲竹竿，山上的孔雀就像空降兵一样，拖着长尾巴，从天而降。甚是壮观，比昨天的场面更大气，更振奋人心。应商贩之邀，我与孔雀合影留念，两手各抚摸一只孔雀。

  最后，看了泼水表演，仪式庄重，人员众多，场面壮观，气势恢宏。游客也可以租借衣服，加入其中。开始逮谁泼谁，慢慢就有了固定目标，大家把一个姑娘泼得抬不起头，人家不泼了，她又泼人家，一时成了众矢之的。她可能是景区工作人员，挑动气氛的。我见水还有些凉，便离开了，可别把水泼我身上。

第三天，专门去澜沧江边上玩了一天，以弥补去年的缺憾。澜沧江发源于青海唐古拉山东北部，流经西藏、云南。出境后称湄公河，经缅甸、老挝、泰国、柬埔寨，在越南胡志明市流入南海，号称"东方多瑙河"。去年去西藏，两次与它相遇，没有好好地欣赏它。西双版纳的澜沧江，不能与上游西藏的澜沧江同日而语了。这里澜沧江江水碧绿，晶莹剔透，水流湍急，汹涌澎湃，一泻千里，与绿水青山相互辉映。西双版纳因澜沧江而美丽，澜沧江因西双版纳而温情。澜沧江孕育着西双版纳，西双版纳丰富了澜沧江流域文化。澜沧江带着水的清幽与山的深邃，用流淌的语言讲述着大自然的壮丽传奇。

澜沧江在景洪市区有两座大桥。一座老桥，一座新桥。新桥是斜拉桥，很漂亮。老桥也有特色，一座桥纵向分为两部分，中间是一条一尺多宽的缝隙。所以来去的车辆其实不在一座桥上。桥上桥下跑了两个来回，这回我确实把澜沧江看清楚了。还游览了景洪港，看了四国通航纪念林。本来是想坐快艇到江上游一圈儿的，但又舍不得花钱，而且还要等，凑够三人才开船，我是最不愿"等"的。

吃了午饭，又去了曼听御花园，它是傣王的御花园。有1300多年的历史，是天然村寨式公园。处于澜沧江与流沙河汇合的三角地带，占地面积400亩。给我最深的印象就是房子漂亮，楼台亭阁比较多，还有两座傣式风雨廊桥。建筑尽显傣族风情，雕梁画栋、飞檐翘角、金碧辉煌，能感受到往日辉煌，在一饱眼福的同时，又感叹建筑师巧夺天工的技艺。还有泰国、老挝、缅甸的建筑小品，这些国家的人们还定期来这里举行宗教活动。这里集王室、佛教、傣族民族文化于一体。

1961年4月,周恩来总理曾在这里参加过泼水节。

晚上在扬武服务区休息。

在西双版纳三天,游了八景,收获颇丰。首先是看了很多热带植物,开了眼界。其次是这里气候好,不冷不热,真切感受到了傣族风情。再次是见到了许多傣族建筑,飞檐翘角,金碧辉煌。总之,西双版纳是一个美丽如画的自然王国。热带雨林、清澈的河水、可爱的野生动物共同构筑了这片净土,让人心旷神怡。所遇皆是风景,所得皆是惊喜。心中有梦,哪怕山高路远;了却心愿,何惧风雨兼程。古稀之年,还能潇洒走一回,真是不枉此行。

游韶山

从湘乡收费站下高速,在湘乡市龙洞镇界牌村吃早饭。饭后沿宁韶公路奔韶山而来。路较窄,两侧均系庄稼地,好似乡村公路。心里便犯嘀咕,别说这是到开国领袖故居的路,就算单为旅游开发,也该把路扩宽才是。踏上这片土地,冥冥之中,心情很激动,崇敬之情油然而生。行驶在这"乡间小路"上,似乎是回到了自己的农村老家,这当然是错觉。可能是潜意识里对农村的眷恋,也可能是对老人家的崇敬之情,因为他始终保持着劳动人民的本色,他始终保持着与人民群众的联系,他是那样亲近人民。

早晨,初升的太阳照耀着大地,韶山更显得宁静和庄重。伟人的故居,群山环抱,山峦叠翠,房屋背靠小韶山,故居坐南朝北,后山竹茂山翠。故居东有菜地、稻田、鱼池和晒谷坪。西侧有伟人少年时读过书的私塾。门前两汪池塘。小径蜿蜒于田间地头。典型的农家小院,象征老人家永远和人民在一起。山水相依,遍布青松,云雾缭绕,自然风光如诗如画。

人们早早地在故居前排起了长龙,都和我一样,怀着激动的心情要瞻仰伟人的故居,缅怀伟人的丰功伟业。队伍中不乏古稀老人,也有抱孩子的少妇,这里是人们向往已久的地方,无人言辛苦。工作人员见我东张西望,催促道:"赶紧排队,要排三四个小时才能进去。"小长假期间每天游客流量 8 万至 10 万人。我赶紧站到队伍中。片刻,工作人员又喊道:"70 岁以上的老人到这边排队,一会儿你们先进。"我高兴地一跳就过去了,这回要感谢年纪了,年纪大了也有好处的!

这里照相很困难,人贴着人,举不起手机,我急了,也不讲风度和觉悟了,我站着不动挡着后面的人,前面就腾出空位来了,我转身把手机递给后面的姑娘,请她帮忙,给我照张相,她也不犹豫,接过手机,啪啪啪,拍了几张,但因为离故居太近,只照到了我的头和"毛泽东同志故居"七个大字。字照全了就行了,我谢过姑娘。工作人员已忍无可忍地喊道:"快走!别停下!一个挨一个。"大家眼睛不停地看,两腿不停地走,转了一圈,就被挤出来了。房子的全景都没照到。只有到藕塘那边照。可那儿太远,角度也不好。工作人员挺烦人,你一站他就喊,你一站他就喊。可也不怪他,游客都是从全国各地来的,要保证大家都能瞻仰故居。日客流量 10 万人是个啥概念?

毛泽东广场,伟人铜像巍然屹立,显得气宇轩昂,胸怀博大。两侧苍柏含翠,青松吐绿。鲜花掩映,各种名贵树木,错落有致穿插其间。铜像高 10.1 米,底座高 4.1 米。铜像面向故居,背靠韶峰,四周摆满了花篮。瞻仰大道是广场的中轴线,全长 183 米,宽 12.26 米。整体气氛庄严肃穆,每天都有成千上万的人从全国各地赶来瞻仰。年均客流量 2000 余万人次,单日流量达到 10 万人次。广场上敬献花篮的人群,一拨接一拨。献花曲响起的一刹那,令人仿佛穿越时空,顿感热血澎湃。我跟在献花团队的后面,按广播里的口令,肃立、鞠躬、然后绕铜像一周。我凝视铜像多时,心潮起伏,感慨万千,迟迟不愿离去。

位于故居以西约 4 公里处,是一条峡谷,由于深邃清幽,犹似一洞,山上有泉水从岩石滴下,故称"滴水洞"。实际上,这里是伟人的祖居地,他的曾祖父母和祖父就长眠于此。这里山青岭翠,茂林修竹,流水潺潺,自然景观清雅绝伦,一年四季鸟语花香。

我还瞻仰了伟人父母的墓地,拜读了《毛泽东祭母文》《毛泽东泣母灵联》。伟人逝去之后,韶山管理局1989年8月对墓地进行了修缮。这里墓碑在墓的后面,与我们家乡有所不同。

离伟人故居80米,是伟人少年读私塾的地方,叫"南岸"。坪前有伟人少年时代曾经游泳的池塘。南岸房屋建于清代,前外墙为青砖,其余为泥砖。青瓦盖顶,白色粉墙,建筑面积394.52平方米。房屋原系邹姓祠堂公产,后为农民所居。后收归国有,私塾复原陈列。原住户相继迁往国家为其新建的房屋。

伟人自小喜食橘子,经常在上屋场山上摘橘子与伙伴们分享。1972年,巴基斯坦元首来访,还特意给毛主席带来五箱橘子作为国礼。现在韶山冲还保留一个橘园,里面的橘子很有特色,个个像小西瓜,有竖向条纹,很好看。据园内工作人员称,只有伟人故居后山上有这种橘子,别处没有。

最后,还去参观了毛氏宗祠,首先看到了门联,引起我的注意。一是我很少见到四字门联。二是琢磨好一会儿,没弄清意思。"注经世业,捧檄家声。"查"百度"才知:"注经世业"说的是,毛家以注经为世世代代的事业。这自然是诗礼传家的书香门第了。《诗经》遭秦"焚书"之后,只有《毛诗》流传下来。我们今天读到的《诗经》,就是西汉学者毛亨、毛苌注释的《毛诗》。下联用的是毛义"捧檄色喜"的典故。其实,毛义当初做官是为了孝养母亲,母亲病逝后,他便辞官守孝。后来朝廷又召毛义做官,毛义坚辞不就。"捧檄家声",说的是以孝道传家。我觉得很有意思,为什么不能做官?要是我,应该反其道而行之。母亲在世不做官,在家侍奉母亲,母亲去世了再出来做官。据说,当时读书人以做官为耻。我也认为"官迷"可耻。毛氏倡导的还是诗礼传家,孝道传家。祠堂内悬挂有《家规十八条》《家训十则》《家戒十则》《百字铭训》等。毛氏很重视家庭教育,定了很多"条条框框"约束后人的言行。仅清朝后期,毛氏就有78人在朝廷为官,有将军、提督、五品官员、六品官员、花翎副将等。

《百字铭训》字数不多,特录下,谨以自勉:

> 孝悌家庭顺,清忠国祚昌。礼恭交四海,仁义振三纲。富贵由勤俭,贫穷守本良。言行防错过,恩德应酬偿。正大传耕读,公平作贾商。烟花休入局,赌博莫从场。族党当亲睦,冤仇要解忘。奸谋身后报,苛刻眼前光。王法警心畏,阴功用力禳。一生惟谨慎,百世有馨香。

韶山是一座丰碑,一座永恒的红色丰碑,是毛泽东的故乡,也是中国革命的圣地。赞美韶山就是赞美那些为了革命事业英勇奋斗的人们,他们用鲜血和生命书写了革命的壮丽篇章,用坚定的信念铸就了共产主义的理想。历史的痕迹深深地烙印在这片土地上,激励着一代又一代中华儿女。

韶山,人民心中的圣地。

逛武陵源

金秋十月，菊花飘香。我去慈利会战友，顺便逛逛武陵源。张家界的核心景区就在武陵源。唐代诗人王维留下了"居人共住武陵源，还从物外起田园"的诗句。

不游天子山，枉到武陵源。天子山又名望帝台。相传向王天子兵败负伤，不屈，跳入此峡谷殉难。天子山被誉为"张家界第一山"，山势险峻，峰峦叠嶂，林木葱茏，云雾缭绕。乘缆车上山，俯瞰四周，只见群山连绵，峡谷深幽，犹如置身于仙境。

武陵源景区内长 2000 米以上的峡谷有 32 条。金鞭溪，它是武陵源区 32 条沟谷中最漂亮的。一道清澈透明的小溪穿行于群山之间，沿途风光秀丽，野草野花在风中婆娑起舞，绿意盎然的银杏树，枝叶茂盛，笼罩在溪水之上。游客们在溪口的浅滩上，戏水打闹，尽情地享受着大自然的馈赠。

十里画廊，全长 5.8 公里。峡谷蜿蜒曲折，时宽时窄，山势陡峭，奇峰异石突起，秀林修竹满涧，步步有景，处处如画。坐着小火车（形似火车，实则是电动车），来回走一圈，很是惬意。

武陵源的山很有特色，个个都像石桩，或者叫石柱。武陵源区石英砂岩柱峰有 3103 座，千米以上的峰柱 243 座。不同于我们家乡山的连绵不断，时起时伏。也有异于桂林的山，桂林的山柔和、圆润、秀美。武陵源的山像剑指云霄，高大、挺拔、险峻。

雨雾奇峰望天空，千姿百态斧神功。

最后，要说说武陵这个地名，本来是我们竹山这儿的地名，怎么会到了他们那里？我实在有些不甘。

武陵一词，最早出现于春秋时期。楚国灭了庸国。据说"世上本无事，庸人自扰之"的典故，是说庸国人没事找事。庸国趁楚国灾荒，起兵东进攻打楚国，不料反被楚庄王联合西部的巴国、秦国一起灭了国，楚、巴、秦三国瓜分了庸国的土地。楚国灭庸后，设庸国国都所在地（今湖北竹山）为武陵县，置汉中郡。武陵之名源于竹山境内的武陵河（今堵河，汉江最大的支流）。后秦又灭楚，竹山境内的原庸国人向正南方迁徙，至一溪水边便安顿下来，因他们思念大庸国，想念家乡，所以就把这条溪水命名"大庸溪"，即现在的大溶溪。"武陵"等地名也就和大庸一样随着他们南迁到湖南常德武陵山一带。此后大庸的建制和归属多有变化。到1994年4月，大庸市更名为张家界市。武陵源与竹山同处在东经110度23分的经线上，张家界与竹山许多饮食特点、方言、风俗习惯都几近一致。

这也是西汉时期，武陵县（竹山）与武陵郡（治所怀化）异地同存的原因。

现在的武陵山则是唐朝天宝元年（742），唐玄宗李隆基所赐名，原名骷髅山，又叫驾舡岩、卫林山。

总之，武陵一词始于我们这里，我们这里才是武陵源。我们应该恢复它本来面貌，把地名改回去。堵河还叫武陵河，竹山县还叫武陵县。

逛了一趟武陵源，欣赏了美景。又因为他们复制了我们的地名，而愤愤不平。

自驾游

2022 年游了青海、西藏、四川，今年想游贵州、云南。本来是要携发妻一起游的，可她要带孙女走不脱。所以，只有自己先游。若再等等恐怕我也游不动了。发妻以后再说吧！

这是名副其实的自驾游。一人一车一人游，自己开车自己坐车自己游。

2023 年 9 月 14 日，到达黄果树景区。游览了黄果树大瀑布、陡坡塘瀑布、天星桥银链坠潭瀑布。还有电视剧《西游记》取景地——水帘洞。黄果树大瀑布如绸带从 77 米高处飘落而下，水珠飞溅，给人清凉爽朗的感觉。穿过美丽的水帘洞，欣赏了绿意盎然的自然风光，自然是心旷神怡。

陡坡塘瀑布，又叫"吼瀑"。位于大瀑布的上游，是黄果树瀑布群中瀑顶最宽的瀑布。瀑顶上是一个面积达 1.5 万平方米的巨大溶潭，瀑布形成在逶迤百米的钙化滩坝上。

其实，黄果树最具有灵性的是天星桥。天星桥在大瀑布的下游 7 公里处，共 15 个景点，有银链瀑布、水上石林、天星溶洞、天星湖等。还有数生步，有 365 块跳跳石，石头像漂在水面上似的，象征一年 365 天。不少人找自己生日的那块石头拍照。还有电视剧《西游记》外景地"高老庄"，在这里能观赏到石景、树景、水景、洞景的美妙结合，是水上石林变化而成的天然盆景区。银链瀑布像千万条大大小小的银链，纷纷攘攘地坠入深潭。

去那里玩一趟，要弄清两件事，一是形成黄果树瀑布的那条河，叫白水河。二是到了黄果树，要吃黄果。当地商贩也不敢理直气壮地说黄果就是橙子。黄果实际是一种橘橙的天然杂交品种，又名皱皮柑、狮头柑。酸得很，有香味，没有人工嫁接培育的品种甜。黄果是橙子的别名。

9月15日9点整进黄果树高速路入口，一路奔皎平渡口而来，皎平渡口是红军巧渡金沙江的主要渡口。我这是长途奔袭，一天赶不到，夜宿寻甸回族彝族自治县鸡街镇鸡街服务区。

16日游皎平渡口和毛公山。当天准备宿攀枝花市，但是无高速路，且很多路段在修路。在108国道上，到处都是拉石榴和杧果的大货车，堵得走不成，大小旅店也都被拉石榴、杧果的人住满。无奈只好把车停在会理市鹿厂镇108国道，住车上。

今天很累，不过我很感动。这里扶贫工作做得好，这山上都是石榴树、杧果树，树不高，但果实累累，挂满枝头，果实还套有白色纸袋，远远看去，很漂亮，连绵百多公里都是如此景象。果树种植已形成了规模，绝不是一朝一夕的工程。对我触动很大，我这局外人也为当地农民高兴。

9月17日，到丽江。丽江古城位于横断山脉向云贵高原过渡地带，平均海拔高2450米。下午游了古城的木府、官门口、四方街、万子桥、兴文巷、茶马古道博物馆等，边走边欣赏古房、古路、古桥、古街道，古朴气息与自然风光相得益彰。蓝蓝的天空，翠绿的山峦，清澈的小溪都让人印象深刻。晚上吃正宗的过桥米线。

9月18日，血压有点儿高，可能这段时间走得急，也可能是海拔高的问题。去年3000多米没感觉，现在这里才2450米，年龄不饶人，也是有可能的。休息一下，继续游丽江古城，因为我就住在古城对面，晚上看看忠义夜市，这里卖各种土特产，还有各种烧烤。夜市大，人多，我挤了一会儿，挤不动就往回走，差点儿迷路。原来打算去香格里拉，去看三江并流。听本地人说，现在是雨季，路上有塌方、滚石头等。我只好调整一下计划，到泸水市去看。

19日，游束河古镇。束河古镇是纳西族人从农耕文明向商业文明过渡的活标本，拥有明代壁画、明代建筑大觉宫，清代建筑三圣宫等珍贵的文物和建筑。其他方面与丽江古城差不多，都是古香古色。给我印象最深并感到惊喜的是水多，各种小桥多。家家户户门前都有一条清澈见底的小溪流过，有无数的小桥。包括街道两旁的商铺门前也都有小溪，并未见有人洗拖把之类。看来古镇里有一个庞大的水网，流过无数座小桥，润养着古镇人家。我感慨水网这个庞大工程，更感慨人们爱护水源的自觉性。当晚宿洱源县三营镇牛街停车区。

9月20日，去大理，途经蝴蝶泉公园，何不看看。年轻时看过电影《五朵金花》，还记忆犹新。"大理三月好风光，蝴蝶泉边好梳妆，蝴蝶飞来采花蜜，阿妹梳头为哪桩？"蝴蝶泉坐落在大理苍山云弄峰下，在大理苍山世界地质公园内。它像一颗透明的宝石般，镶嵌在苍山洱海之间的绿荫之中。每年春夏之交，成千上万的蝴蝶聚于泉边，蔚为壮观。景区内还有石牌坊、五龙池、情人湖、蝴蝶博物馆，后山有金花演歌台，有望海亭，在这里可以直接看到洱海，苍山洱海说的就是这里。

苍山洱海，山水相依，形成了独特的自然景观。洱海清澈见底，四季皆美，景色宜人，被誉为"群山间的无瑕美玉"，苍山属于喜马拉雅造山带南延部分的横断山脉云岭。有19座山峰，18条小溪奔泻而下，流入洱海。

9点53分，车子途经抗联名将周保中故里——喜洲古镇，令我肃然起敬。他和赵尚志、杨靖宇齐名,大西南的人怎么去了大东北?这才叫革命利益高于一切。我把车子停在路边,凝视着喜洲古镇,心里思绪万千。

大理古城城墙和城门楼很有特色,城墙高而厚实。我游览了洱海门、苍山门和南、北门,门楼都很漂亮,雕梁画栋,飞檐翘角。大理是8至12世纪东南亚及其周边的第一大城市。走在大街小巷,古色古香的建筑和店铺,充满了历史的韵味。让人仿佛穿越到古代的市井之中。大理是一个充满诗意的地方。这里蓝莹莹的天、绿油油的地、清澈透明的水都给我留下了深刻印象。

中午饭后,去洱海走了一圈,那叫一个美。水平如镜的洱海,微风袭来,波光粼粼,水鸟在水面上游来游去,互相嬉戏。水草犹如优雅的舞者,在水面上摇曳着高挑的身姿,与水、鸟构成一幅美丽的画卷。

接着又去了国家5A级景区——崇圣寺三塔文化旅游区。参观了"南诏建极大钟""观音殿",敲了"蛙鸣石"。三塔中的主塔高69米,16级密檐式方形空心砖塔,始建于唐代。南、北小塔各高42米,为10级密檐式八角形砖塔,建于宋代。三塔鼎立,雄伟壮丽。1978年至1981年进行维修时,发现大量南诏、大理国时期的文物。此乃佛门圣地,我一门外汉,宜少停留。还是去看看大理市政府办公楼,照相留念。

20点42分,车停漾濞彝族自治县顺濞镇跃进服务区。

9月21日,8点17分到澜沧江高速出口,在澜沧江大桥上照相。10点23分过蛮云边境检查站。12点23分到怒江傈僳族自治州的泸水市,在市区怒江大桥上观看怒江并照相。13点37分又过边境检查站,过高速路上的怒江大桥,又照相。去年没把怒江、澜沧江看清楚,今年将它们里里外外,前前后后,翻来覆去看了个明白,免得再留遗憾。14点过保山市隆阳区芒宽彝族傣族乡，一个很漂亮的集镇。18点到临沧市凤庆县凤山镇滇红服务区休息。

9月22日，到西双版纳傣族自治州景洪市大渡岗乡大渡岗服务区休息。

9月23日至25日，在西双版纳。

9月26日，上午到昆明，先游了滇池。滇池有大海的壮丽，有时候波涛汹涌，大浪拍打着岸边，激起一层层浪花，涛声很大。也有湖水的温柔，阳光洒在水面上金光闪闪，蓝天、白云和山峦倒映于水中，有一种特殊的美。

下午游官渡古城。我游览了妙湛寺东塔、三圣宫、玉皇殿、法定寺等。官渡古城核心区域1.5平方公里，却拥有唐、宋、元、明、清时期的"五山""六寺""七阁""八庙"等多处景观。这里保存了大量完好的"一颗印式"民居，历史上曾有"小云南"之称。官渡古城不仅是古滇文化的发源地，也是著名的古渡口和佛教圣地。现在的官渡镇不能与之相提并论。

9月27日，上午游石林。石林是国家5A级景区，漫步在石林中，会被各种造型的石头所折服。有石峰、石笋、石柱、石梁、石墩、古岩画，有望夫石、苏武牧羊石、母子偕游石等，还有地下溶洞。石林千姿百态，壮观奇特，有的壮阔磅礴，有的又小巧玲珑。有大小之分，颜色各异，总给人一种美的感受。阿诗玛的传说，使石林平添几分神秘的色彩。我还参观了阿诗玛旅游文化城。

当晚住百色市西林县那劳镇那劳服务区。

9月29日，到阳朔县兴坪古镇，坐船游漓江。漓江犹如一条蜿蜒流淌的青绸绿带，盘绕在万千峰峦之间，碧水萦回，江水清澈碧绿。奇峰夹岸，山峰挺拔俊秀，像刚刚破土而出的竹笋，单独矗立，各不牵绊，形态各异，千姿百态。岸边一簇簇苍翠欲滴的凤尾竹,摇晃着身姿,欢迎游客的到来。桂林山水甲天下名不虚传。

中午去了大榕树景区。电影《刘三姐》中,刘三姐抛绣球的场景就是在这里拍摄的。大榕树矗立在金宝河畔,树干周长7米多,树高17米,树冠所盖之地两亩多,相传已有1500年历史。在冠如华盖的树荫下,能够感受到一种内心的宁静。金宝河缓缓流淌,明净如镜,附近的猩猩山、水狮岩、骆驼峰,与周围村舍阡陌构成绝世风光。

我还在凤楼村里见到了刘三姐故居。

下午还去游了金水岩景区,这是阳朔最大、最有特色、最令人开心刺激的地下河水晶岩洞。洞内分上中下三层,纵横交错,宛如龙宫。洞内钟乳石雄奇突兀,形态各异,琳琅满目,美不胜收。

当天,到桂林。晚上看象鼻山夜景,看日月双塔夜景。

9月30日,上午游象鼻山。爬上象鼻山,参观了桂林抗战遗址、普贤塔、象眼岩等。俯瞰桂林山水,很是得意。象鼻山原名漓山,位于桂林市内桃花江与漓江交汇处,因酷似一头饮水的巨象而得名,成为桂林山水的象征。1982年我曾来过,那时没有现在的水多,象鼻山不在水里,而在岸边,还有河滩。江中有很多人划着竹筏捕鱼。山、水、人相映成趣,现在看不到了,多少有些遗憾。

回到停车场,发现对面是解放军924医院,顿感亲切,在门口站了一会儿,不舍离去。又以去卫生间为借口,在里面转了一圈,想看看解放军,可他们都穿着白大褂。看不到穿军装的人,只好浅尝辄止。

11点,离开桂林。夜宿湘潭市湘乡市毛田镇水府庙服务区。

10月1日,游韶山。

10月2日，游武陵源。

10月3日，经慈利、荆州、荆门后回家。

我此番自驾游总行程 8200 多公里，用时 31 天，游了 45 个景区。除了时间抓得太紧，有些遗憾外，总体上讲，还是收获很多，心满意足，很有成就感的。旅游与读书是异曲同工，正所谓"读万卷书，行万里路"，旅游除了可以欣赏到沿途的风景外，所见所闻又可以启迪我们的思维和智慧，学习到别人的先进经验，见多而识广就是这个道理。

附录

念慈母诗二首

时逢慈母 100 周年诞辰、逝世 39 周年,习作七律诗两首以悼念母亲。

(一)

离乡背井度时艰,
慈母朝夕泪不干。
思子心疼常病倒,
盼儿早日把家还。
耳旁又有娘呼唤,
妈咽草根现眼前。
养育之恩尚未报,
孝忠自古不能全。

(二)

娘生七子受熬煎,
体弱病多饥与寒。

劳累一天菜果腹,
夜来暖榻未曾眠。
如今母子不得见,
欲望见妈梦里边。
多少哀思和悔憾,
想要尽孝已徒然。

二〇二二年农历十一月十三日

生日寄语

（一）

话说七十一年前，
娘亲受苦遭熬煎。
一个生命要诞生，
生死难料妈冲关。

（二）

蓝家又把人口添，
捉襟见肘度时艰。
小儿不知柴米贵，
妈咽糠菜我吃干。

（三）

孩儿长到十二三，
要为父母分忧烦。

省吃俭用拾干柴,
推磨舂米我当先。

(四)

十六岁满把军参,
背井离乡渡时艰。
只记工分不吃饭,
我亦不在娘身边。

(五)

生来善良真儿男,
为人厚道心地宽。
先人后己体贴人,
笃行孝悌做在前。

(六)

吾今已是古稀年,
往事如烟现眼前。
只有回忆最美好,
时过境迁难还原。

二〇二三年农历四月二十四日辰时

后　记

我这点文化功底也敢写书，不是我胆大妄为，而是贤弟（序作者）鼓励帮助的结果。

初次与贤弟见面，是在他主编《十堰蓝氏宗谱》的时候。他来了解我的情况，之后我们又一起两次走访蓝氏居住点。他为人热情，做事认真，很有章法，组织能力蛮强，他负责的《十堰蓝氏宗谱》编撰工作效率很高。能看出来他是当过领导的人，按文人的说法，具有领导的气质。之后我读过他写的两本书，发现他不仅是当领导的材料，而且文笔也十分了得，还是国家级作家，是名副其实的文人。能结识他是我的荣幸。

他看过我写的一小段文字，夸我写得好，因为他是专家，他说我写得好，那自然是真的写得好了。我不敢怀疑他说的话，所以也没怀疑自己。听到夸赞自然很是受用，我便受宠若惊，心花怒放了，也就兴冲冲地开始写了。写一篇他说好，再写一篇他还说好。我自然兴奋不已，就一篇接一篇地往下写。他还把我写的东西推送到公众号，反响还不错。这更激发了我写作的积极性，一发不可收了。没有他的鼓励和帮助，我是不敢写也不会写的。

说到出书，他又帮我逐篇审查校阅书稿。

20万字要逐篇审校，逐字斟酌，订正改错，这个工作量很大。他身体不好，我很担心影响他的健康，却又很希望他能一一过目。他的工作效率之高也出乎我的意料。他还帮助指导我出书流程的操作，又要为本书写序。我真的非常感谢他，没有他的鼓励和帮助，我是写不了书的，是他帮我实现了写本书的愿望。

在走过的人生道路上，我是幸运的。

我受到过很多人的恩惠和帮助，我始终心存感恩之情。除了要把他们记在心上外，我还想把他们写到书里，这是我想写这本书的初衷。

首先应该感谢的是父母的养育之恩。父母亲把我带到这个世界上，含辛茹苦把我养大，供我读书，教我做人。我们兄妹七人，父母对我关爱有加。我当兵在外，除了让父母亲担惊受怕，无时无刻不在牵挂我外，我没有用物质回报他们，没有陪伴他们，没有关怀他们的健康，没有给他们带来任何的利益。对父母的亏欠之疚将伴我一生。

在我几十年的职业生涯中，遇到过很多好领导好上级。有好事他们总会先想到我，或培养，或提携，或照顾，或信任。尤其是在部队的20多年里，从少年到不惑之年，我度过了人生中最美好的时光，这是我人生中一段最美好的记忆。这些知遇之恩，时常出现在我的回忆中。

还有老师的教导之恩，亦当铭记在心。

很多战友、朋友、同事，在我遇到困难的时候，他们伸出援助之手，或鼎力相助，或提供方便。这是援助之恩，不能忘。尤其是那些对我指点提醒、直言相告、苦心规劝的知己朋友，这样的诤友之恩不能忘。

兄弟姊妹、亲戚家门、儿女都有陪伴之恩，亦不能忘。

与发妻相伴半个世纪，生儿育女，经营家庭，从年轻到白发，风雨同舟，不离不弃，这是相守之恩，不能忘。

我当兵走的那天早上，左邻右舍和长辈们送我的情景、送行队伍越来越长的场面,我也始终没忘,每次回老家都感到很亲切、很幸福。

我感恩人生路上遇到的所有好人和贵人,常怀感恩之心,又使我净遇着好人。

所以,这本书我最初酝酿的名字就叫《感恩》,由于太直白,就更换为现在的书名了。

人生风风雨雨几十年,有成功,也有失败,有经验也有教训。我常想,如果能把这些经验教训说出来,写出来,分享出去,以便他人借鉴,也算是做了一件善事。尤其想说给自己的后人听。过去大家都忙,难得坐在一起拉拉家常。现在我闲了,他们还是忙,没时间听我唠叨。如果写出来,他想看就看一眼,也不失为交流的办法。这是我想写这本书的第二个目的。一般老年人可能都有这种想法,把自己的经验教训告诉后人,期望他们少走或不走弯路。

我自认为阅历丰富,当过文书、班长、汽车修理工、摩托车通信员、参谋、助理员,搞过业务与管理工作,从事过财务管理、建筑等行业,还种过庄稼,更擅长于管理。由于善于学习,又肯动脑,无论做什么均不落人后。

如何把自己的生活感受、经验、教训,说给别人听,尤其是说给自己的后人听,也并不是一件容易的事。一是得有条理性,不能眉毛胡子一把抓,叫人看不懂,使人不得要领。二是拒绝说教,唯有用事实说话,用自己的亲身经历说话,人家才愿意听。三是我也试图把自己在工作生活中得到的具体经验教训与抽象理论联系起来,从亲身经历出发,推出一般原理,便于举一反三。在"人生感悟"一辑中,我试图把认识论和辩证法融入我的生活片段中,其实也是理论在实践中的运用。那时候,上级要求我们学习认识论和辩证法,并要求在实际生活中加以运用,那时叫理论与实际相结合。我现在是想反其道而行之，要实际与理论相结合。我在写其他故事时，包括"纪行"，也都会在叙述之后，有议论，有观点的归纳，试图抛砖引玉。

我年轻的时候，虽然做事之前都会三思而后行，有分析，有预判，事中有控制、有调整，事后有总结。但是，由于缺乏经验，仍然会出现这样或那样的问题。常常因为没人指导和提醒而苦恼，也因此而留下一些终身遗憾和悔恨。我一直喜欢听取别人的意见，尤其是反面的意见。因为"兼听则明"，这样可以使自己少犯或不犯错误。我还很注意保护别人提意见的积极性，不采纳他的意见时，也给他解释清楚。当然，恶意攻击的另当别论。

我对别人的经验教训更是看得很珍贵。当然对自己的经验教训，也看得很珍贵。总想着要兜售给他人，甚至是迫不及待。这也是我善良本性的体现。

但是，"仁者见仁，智者见智"，就像请客吃饭一样，我认为的美味，别人不一定喜欢。我觉得是好东西，别人可能不屑一顾。反正我的经验教训我也带不走，带走也没用。不妨顺其自然，悉数将它留下便是。

愿这本书能为有兴趣的读者提供有益的参考和启示，这就够了。

最后，感谢出版社的领导和编校人员的大力支持和精心编校，使这本书能够更好地呈现在读者面前。

2024 年 7 月 20 日